우화터

요시다 슈이치 지음
오유리 옮김

북스토리

contents

우 터

1

열대야, 열어젖힌 창문 밖에서 풀벌레 소리가 들려온다. 푹푹 찌는 방 안에는 선풍기가 돌고, 마작 패 소리가 꽉 차 있다. 아까부터 계속 방으로 들어오려고 하는 모기 한 마리, 방충망에 자꾸만 몸을 부딪치고 있다.

"료운! 빨리 버려! 네 차례야."

맞은편에 앉은 고스케의 말에 나는 쥐고 있던 패를 다시 한 번 쳐다보았다.

"자, 잠깐만 기다려. 좋아, 이거라면 먹히겠지?"

"그렇지!"

내다꽂은 패는 곧바로 고스케가 주웠다.

"아하하하, 오늘 밤 료운은 좀 전에 들은 이야기 때문에 심란해서 이제 틀렸어."

"걱정 마! 대회까지 56초대를 올리면 되잖아."

양옆에 앉아 있는 다쿠지와 게이치로가 고개까지 젖혀가며 웃는다.

저녁 연습이 끝나고 게이치로의 집에 모인 우리들은 벌써 몇 시간째 마작 놀이를 하면서, 느긋하게 다음 달에 열릴 대회 이야기를 하고 있었다. 다만, 나는 라이벌 학교인 성 마리안느의 다시마가 지난 주 100미터 자유형에서 56초대에 들어왔다는 소리를 들은 후부터 마작 놀이에 전혀 집중할 수가 없었다.

주종목은 각각 다르지만 우리 네 명의 꿈은 하나다. 다쿠지는 배영, 게이치로는 평영, 고스케는 접영, 그리고 내가 자유형을 맡아 릴레이 경기에 출장한다. 볕에 그을린 까무잡잡한 피부와 그에 어울리지 않는 새빨간 입술은, 우리들의 유니폼 같은 것이다.

"성 마리안느의 다시마가 56초대를 끊었다는데, 그거 장

거리야? 아니면 단거리야?"

"그렇지!"

내 질문을 그대로 삼켜버리고, 고스케가 이번엔 다쿠지의 패를 주웠다.

"우왓! 누가 이 판 좀 바꿔봐라! 고스케 혼자만 다 이기잖아!"

"그렇지만, 료운도 분명히 단거리에서라면 56초대에 들어온 적이 있잖아? ……이것도야?"

"다 맞췄다!"

게이치로가 버린 패를 고스케가 주우면서 4개를 다 맞춰버리는 통에 세 사람은 그만 패를 놓았다.

확실히 딱 한 번 56초대에 들어온 적이 있긴 하지만, 그것은 25미터 단거리 수영장에서 잰 거라 정식 기록은 아니다.

"다음 번 기록 잴 때 50미터 왕복으로 6초대를 끊으면……."

패를 섞으면서 흘린 다쿠지의 말은 그냥 그대로 허공에

흘러가고, 그걸 의식한 본인도 곧 나에게서 시선을 돌렸다.

"우리가 올라갔으면 좋겠다."

"어어, 성 마리안느를 이기고 말이야."

"우승하고 싶다."

고개는 밑으로 향한 채 우리들은 대꾸 없는 마작 패에다 대고 그렇게 한 마디씩 했다. 누구라도 상관없다. 네 명 중하나, 누군가의 머리를 딱 짜개보면, 거기엔 태양에 빛나는 수영장이 있고, 우리들이 필사적으로 물살을 가르는 장면이 있을 거다. 이번 현 대회에서 우승을 해 꼭 전국체전에 나가고 싶다. 우리들의 교과서는 자기 기록을 계산한 낙서로 가득하고, 머리카락에서는 석회냄새가 난다. 그리고 우리의 마음은, 늘 수영장 물속에 잠겨 있다.

"자, 잠깐만 기다려, 어? 이거 받자마자 4개 다 맞았네."

다시 한 번 새로 돌린 패를 늘어놓으면서 다쿠지가 고개를 갸웃했다.

"어디, 어디 봐."

고개를 빼고 들여다보니 다쿠지는 패를 눕혀서 보여주었

다.

"확실히 이런 걸 두고 텐호(마작에서 처음 받은 14개의 패에서 그대로 훌라를 한 것—역주)라고 한다지?"

"……."

틀림없이 다쿠지는 이미 그림을 다 맞췄다.

가끔 이런 생각이 들 때가 있다. 어쩌면 지금 우리들은, 절경 속을 지나는 줄도 모르고 같이 걷는 동료들과의 대화에 정신이 팔려 있는 여행자들로, 우리가 지금 얼마나 아름다운 경치 속에 둘러싸여 있는지 깨닫지 못하는 건지도 모른다. 하지만, 여행이란 건 그 목적지보다 함께 걷는 길동무가 더 중요한 게 아닐까?

한 게임이 끝났을 즈음, 게이치로의 어머니가 방으로 들어왔다. 손에 든 쟁반 위에는 수박 한 통을 똑같이 4등분한 조각이 얹어져 있었다.

"세상에, 사내들 냄새로 퀴퀴한 것 좀 봐. 티셔츠라도 입고들 하지 그러니. 다들 팬티 한 장만 걸치고 그렇게 놀고 있으면 어떡해."

"어, 아줌마. 안녕하세요."

다쿠지가 생글거리며 쟁반을 받아들었다. 다쿠지는 언제나 붙임성 하나는 좋은 놈이다.

"아줌마, 벌거벗은 젊은 남자들한테 싸여 있으니까 가슴이 두근두근하시죠?"

그렇게 까부는 고스케의 말에 "아니 무슨, 어린애 몸뚱이를 보고 가슴이 두근거릴 리가 있냐?"고 아줌마는 대답했지만, 그 울림에는 약간 쑥스러워하는 기미가 섞여 있는 것 같기도 했다.

"우리들도 이제 열일곱이에요. 이만하면 충분히 어른이죠."

"열일곱은 아직도 한참 애지. 니들 넷이 몽땅 덤벼도 아줌마한테는 역부족일걸?"

"넷이 덤벼도 부족하다고요? 하긴, 나 이외에는 여자 손한 번 잡아보지 못한 애송이들이니까, 별 수 없지."

"고스케는 있단 말이니?"

—

"물론이죠!"

"그럼 다른 애들은 이 아줌마가 하나부터 가르쳐줘야겠구나."

한 마디 한 마디 고스케의 농담에 상대해주고 있는 아줌마의 얼굴이, 약간 힘들어 보였다.

"하나부터 가르쳐요? 그런 과격한 말씀 하시면, 료운이 코피 쏟아요."

"어머나, 료운은 그렇게 순정파였니?"

"아니요, 그게 아니라요. 료운은요……."

"야! 그만 해!"

"료운은 아줌마의 빅 팬이라고요. 매일 밤 아줌마를 생각하면서……."

"우왓! 그만 해! 고스케!"

나는 고스케에게 달려들어 필사적으로 입을 틀어막았다. 옆에 있던 다쿠지가 게걸스레 수박을 먹어치우고 있다. 아줌마는 게이치로를 스무 살에 낳았다고 하니, 아직 마흔도 되지 않았다. 그런 아줌마의 웃는 얼굴은 비에 젖은 교회처럼, 왠지 모르게 애잔하다.

"빨리, 나가!"

고스케와 나의 난투를 웃음 띤 얼굴로 바라보고 서 있는 아줌마에게 게이치로가 차갑게 한 마디 던졌다.

"게이치로! 너, 료운이 아줌마랑 만나는 걸 얼마나 기다리는 줄 알아? 너 모르는구나. 모처럼 맞은 료운의 행복한 순간을 빼앗겠다는 거냐?"

고스케는 목을 비틀리면서도 그런 말을 지껄였다.

"그래, 그래, 알았다. 지금 나갈게. 아무튼 모두들 여기서 자고 갈 거지? 잘 때는 에어컨 켜라."

"에어컨은 안 돼요!"

우리들은 한소리를 냈다.

"아아, 그래, 그렇지. 에어컨 바람 쐬면, 몸이 무거워져서 기록이 떨어진다고 했지. 아줌마가 깜빡했다."

아줌마는 고개를 흔들며 그렇게 말하고 앞치마를 벗으면서 나갔다. 에어컨 하나 가지고 유난을 떤다고 생각할지 몰라도 우리는 이런 금욕적인 생활을 기꺼이 즐기고 있다.

웃터

2

밤 11시가 되자 근육이 모두 마비되는 것처럼 졸음이 쏟아졌다. 매일 하루같이 1만 미터나 수영을 하고 있으니 어쩔 수가 없다. 우리들은 얼른 마작 놀이판을 치우고 방 안 가득 요를 깔았다. 재빨리 게이치로가 전등을 꺼버려 갑자기 깜깜해진 방 안에서 우리들은 짐승처럼 요 위로 뛰어들었다. 열어놓은 창문 밖에서는 그때까지도 벌레들의 합창이 계속되고 있었다. 불을 끈 지 1분도 채 지나지 않았는데 다쿠지가 쌕쌕 숨소리를 내며 잠들었다.

"고민거리 없는 인간이란 참 행복할 거야."

고스케의 그 한 마디가 게이치로와 나의 피곤한 몸에 스며들며, 순간 우린 배를 움켜잡고 웃음을 터뜨리고 말았다.

"어떡하면 1분 만에 잠이 들 수 있을까? 아주 화가 날 정도로 부럽단 말씀이야."

"정말, 괜히 화가 나려고 그러네. 우리 낙서라도 해줄까?"

우리는 자리에서 벌떡 일어나 다시 불을 켰다. 그리고 무방비 상태로 잠든 다쿠지를 둘러싸고 팬티를 벗긴 다음, 검정색 매직으로 색칠을 하기 시작했다. 잠이 들어 있음에도 불구하고 다쿠지의 그것은 점점 커져서 우리는 숨도 못 쉴 정도로 입을 틀어막고 웃음을 참아야 했다. 뿌연 형광등 밑, 다쿠지의 나체는 처참했다. 시꺼멓게 된 다쿠지의 그것을 그냥 그렇게 놔둔 채 아무 일도 없었던 것처럼 불을 껐지만, 다시 웃음이 터져 나와 아마 10분 정도는 계속 키득거렸을 거다. 웃음을 좀 가라앉히고 보니, 어느 틈에 고스케의 웃음소리는 코고는 소리로 변해 있었다.

"게이치로, 아직 안 자?"

"어, 안 자."

"이, 삼 일 전에, 후지모리가 우리 교실에 왔었거든."

"후지모리가?"

"어. 그래서, 너에 관한 걸……."

"상담했다고?"

"어? 아아…… 응."

상담이라고는 해도 뭐 그리 대단한 건 아니었다. 나한테는 그 후지모리가 일부러 날 만나기 위해 교실까지 혼자서 찾아왔다는 게 더 큰 사건이었다. 교실에 있는 날 불러내서 "좀 할 얘기가 있는데……" 했을 때, 나는 이미 폭풍이 휘몰아치는 바다에 뜬 부표를 가지러 갈 각오까지 되어 있었다.

"그런데 말이야. 사람들이 꼭 널 찾아가서 고민을 털어놓더라. 수영부 애들도, 반 애들도, 게다가 이번엔 내 여자친구까지……. 료운 너한테 얘기를 하러 갔단 말이지."

"뭐, 그렇게 대단한 얘기도 아니었지만. 그런데……."

"그런데?"

"응…… 그런데, 너 말이야, 후지모리 외에 따로 좋아하는 여자라도 있어?"

"……."

어둠 속, 게이치로가 만든 침묵은 한없이 길고 깊었다.

"후지모리는 네가 정말 자기를 좋아하는지 어떤지 고민하는 거 같더라."

"료운, 너 말이야, 여자한테도 성욕이 있다는 거 알아? 나는 몰랐거든. 지금까지 쭉 남자는 쫓아가고, 여자는 도망가는 사람이라고만 생각했었어."

"무, 무슨 말이야? 서, 설마! 그럼 후지모리가……."

"……."

순간, 후지모리가 게이치로 앞에서 교복 단추를 끄르고 젖가슴을 드러내며 "응? 우리 하자아" 하고 속삭이는 모습이 떠올라, 황급히 고개를 내저었다.

"너, 너는 잘 이해 못할 거야."

"가끔 말이야, 고스케가 부러울 때가 있어. 고스케처럼 됐으면 좋겠다고 생각할 때가 말이야."

"그, 그래도. 고스케는……. 야, 그래도 좀 생각해 봐. 고스케가 상대하는 여자하고 후지모리는 전혀 종류가 다르지. 고스케가 상대하는 여자들은 뒤탈 없는 여대생이라든가, 또 도키에라든가, 도키에는 뭐 아무하고나 자잖아. 그런 여자들뿐이잖냐. 하지만 후지모리는……."

"어, 뭐야, 왜 그렇게 열을 내고 그래? 료운, 너 혹시……."

"아, 아니야! 그냥 난 믿을 수가 없어서. 그래도 후지모리
는……."

"여자는 누구나 다 똑같을지도 몰라. 왜, 그거 하고 싶어
하는 여자는 불결해 보여?"

그 순간, 게이치로의 목소리와 거의 동시에 몸을 뒤척이
던 고스케의 머리가 책상다리에 부딪쳐 꿍, 하고 둔탁한 소
리가 나는 바람에 나와 게이치로는 입을 다물어버렸다. 교
복을 벗는 후지모리의 모습이 머릿속에서 떠나질 않아 난
미쳐버릴 것만큼 괴로웠다.

입을 다물고 누워 있는 우리 옆에서 다쿠지와 고스케의
숨소리가 겹쳐 울렸다.

"저기, 료운! 우리 넷이서 전국대회에 나갈 수 있을까? 난
정말 나가고 싶다. 다쿠지가 배영에서 최대한 힘을 내서 3
위 정도로 들어오면, 그 다음에 내가 평영에서 꼭 성 마리안
느와의 간격을 좁히고, 그러고 나서 고스케가 접영으로 성
마리안느 선수를 바짝 따라붙는 거야. 고스케라면 그럴 수

있겠지? 료운, 너 꼭 마지막 자유형에서 다시마를 이겨야
돼! 그러면 우리 넷이 전국대회에 나가는 거야. 요즘엔 이상
하게 잠자리에 들면 매일 밤 그런 상상만 떠올라. 정말로 난
그것만 생각하게 돼. 고스케가 헤엄쳐 들어오는 모습이라
든가, 다쿠지가 턴하는 모습이라든가, 료운이 골인하는 모
습이라든가. 매일, 매일……."

　게이치로의 말을 들으면서 나는 후지모리의 그 음란한
자태에서 해방되고 있었다. 매일 밤 똑같은 생각만 하고 있
는 건 너만이 아니라고 속으로 웅얼거리면서 난 베개에 빠
져들 듯 잠이 들었다.

3

　다음날 아침, 우리들은 기름매미 울음소리에 눈을 떴다.
마을을 둘러싼 산속에서 뿜어 나오는 기름매미들의 울음소
리가 지진이 일어나기 전 땅울림처럼 베개를 흔들었다.

　"아, 배고프다."

아침에 눈뜨자마자 입에서 흘러나오는 말은 매일 아침 정해져 있다. 우리는 팬티 바람으로 부엌으로 내려가 아침 준비를 하고 있는 아줌마에게 "안녕히 주무셨어요" 하고 인사를 했다.

"응, 그래. 잘 잤니? 오늘은 깨우지 않아도 다들 잘 일어 났네."

"그게 저, 매미 소리가 너무 시끄러워서 잘 수가 있어야죠."

"여름인걸. 할 수 없지 뭐. 그리고 매미 소리 하나 안 들리는 여름은, 영 맛이 안 나잖니."

팬티만 입고 식탁 앞에 앉았을 때, 아직 완전히 수그러들지 않은 '아침의 돛'이 좀 신경이 쓰였다. 나와 같은 생각을 하고 있었던지 팬티 안을 들여다본 다쿠지가 그제야 어젯밤의 낙서를 발견하고는 욕실로 냅다 뛰어들어갔다.

"어머. 왜 그러니, 다쿠지?"

놀라서 물어보는 아줌마에게 아침부터 짓궂은 고스케가 "생리라도 시작했나 보죠?" 하고 키득대며 응수했다. 아줌

마는 무슨 착각을 했는지, 게이치로에게 새 팬티를 꺼내서
갖다주라고 했다. 아줌마의 착각에 웃음을 터뜨리면서도,
이렇게나 아침이 잘 어울리는 아줌마도 참 여러 가지를 알
고 있구나 생각하니 기분이 좀 가라앉았다. 말이 샐 틈도 없
이 입 안 가득 밥을 넣고 우적거리고 있는 우리들을 아줌마
는 싱크대에 기대어 가만히 바라보고 있었다.

"너희들은 참 맛나게도 먹는구나. 그렇게 맛있게 먹어주
면 아줌마도 밥 해 먹이는 보람이 있지."

"정말로 맛있으니까요. 여기, 밥 추가요!"

다쿠지와 고스케가 내민 밥공기에 막 지은 고슬고슬한
밥을 퍼 담으면서 아줌마는 아침부터 세 공기나 먹는 것 좀
보라며 웃는 얼굴로 혀를 내둘렀다.

"아줌마, 식사하셨어요?"

"아니, 아직 안 했는데, 이렇게 너희들 보는 것만으로도
벌써 배가 부르다."

"보는 것만으로도 배가 부르다니, 그것 참 좋네요. 나는
어떻게 된 게 먹어도 먹어도 배가 고프던데."

"그야 그렇지. 너희들이 할 일은 먹는 거야. 그게 너희들의 유일한 일이지. 그러니까 먹는 걸 게을리하면 안 된다. 알았지?"

"우린 먹는 게 일이고, 아줌마는 만드는 게 일!"

"그래 맞아. 그러니까 아줌마는 하루 종일, 다른 일은 하나도 안 하잖아. 이 다음엔 저녁에 뭘 해 먹일까 생각하면서 하루를 보내는데 뭐. 매일 매일 그래. 벌써 몇 년이나, 아니 몇십 년이나 그래왔지."

허공에 떠버린 아줌마의 한숨소리에서 도망치듯, 우리는 인사를 하고 자리에서 일어났다. 나란히 서서 이를 닦고 이미 해가 중천에서 용을 쓰고 있는, 한여름 아침 속으로 튀어나갔다.

"다녀오겠습니다!"

"그래, 잘 다녀와. 힘내!"

부엌에서 외치는 아줌마의 소리가 거리를 메우고 있는 매미의 울음소리에 녹아들어갔다. 학교로 이어지는 급경사로를 우린 서로 앞 다퉈 뛰어올라갔다. 언덕을 다 올라왔더

니, 속이 뻥 뚫린 것 같은 여름 하늘이 펼쳐지고 뭉게구름
하나가 덩그러니 떠 있었다.

4

"자, 빨리 모두들 정렬해라!"

나는 수영장 가장자리에서 어린애들처럼 뛰어다니고 있
는 후배들에게 지시했다. 여자 주장인 교코가 연습 메뉴를
쓴 보드를 가지고 옆에 선다.

"료운, 너희들, 어젯밤도 게이치로네 집에서 잤다며? 아
주머니도 참 귀찮으시겠다. 지저분한 남자들 넷이나 뒤치
다꺼리하시려면."

"누가 지저분해? 그런 말 자꾸 하면 그냥 콱 껴안아버린
다!"

교코는 깔깔거리며 호들갑을 떨면서 아직 다 모이지도
않은 여자부원들에게 빨리 옷 갈아입고 나오라고 소리쳤
다. 철망 저편에서 뛰고 있는 축구부 선수 기타지마가 이쪽

을 보고 손을 흔드는 게 보인다. 탁탁, 땅에 울리는 스파이크 슈즈 소리가 운동장 쪽으로 멀어져간다. 어느새 나와 교코 앞에는 부원들이 모두 정렬해 있었다.

"좋아! 앞으로 일주일 뒤면 여름방학도 끝이니까 모레, 기록을 재겠다!"

그 말이 떨어지기가 무섭게, 일제히 놀라움과 엄살 섞인 야유가 쏟아졌다. 수영부는 남녀 합쳐서 서른 명밖에 되지 않는다. 그렇지만 그 서른 명이 목소리를 한데 모으면 확실히 순간적으로 헉, 하고 움찔하게 된다. 내가 선출된 시점에서 주장의 위엄 같은 건 실추되어버린 게 사실이다.

"전 종목 다요?"

"자기 주종목만 재도 되죠?"

잇달아 튀어나오는 질문에 나는 본의 아니게 바로 대꾸를 못해주고 쩔쩔맸다.

"하지 말까?"

너무 강한 반응에 그만 마음이 약해져 옆에 있는 교코에게 말했더니, 고개를 획 돌리며 눈을 흘긴 교코가 "방학 동

안에 연습한 만큼 기록을 재겠다는데 뭐 그리 말이 많아? 2, 3초 자신의 종전 기록을 단축할 수 있도록 분발해라!" 하고 부원들을 나무랐다.

교코의 엄한 소리에 나는 그저 옆에서 히죽 웃어 보이며 고개를 끄덕일 수밖에 없었다.

"자자, 교코를 화나게 하지 마. 뒷일이 두렵지 않나! 아, 무, 튼, 기록은 자신의 주종목만 재겠다. 교코가 말한 대로 꼭 자신의 최고기록을 낼 수 있도록 열심히 연습해라! 알았나?"

"네에."

구름이 하품이라도 하는 것처럼, 축 늘어진 대답이 돌아왔다. 사실 나는 카리스마가 없는 주장이라고 생각한다. 하지만 그런 내 성격 덕분에 금년의 수영부만큼 부원들끼리 사이가 좋고 전체 분위기가 화기애애했던 적도 없다. 작년까지는 이상해 보일 정도로 엄격한 운동부 규율이 지켜져왔기 때문에 선배 앞에서 부자연스러우리만큼 딱딱한 대답을 할 때는, 내가 하면서도 꽤나 민망했었다. 서열? 기합? 무조

건적인 인내? 말만 들어도 불쾌하다. 불쾌하다는 것은 부끄럽다는 의미다. 그리고 안됐지만, 아무리 봐도 그런 게 꼭 필요한 거라고는 생각하지 않는다. 아무튼 내가 주장이 되고 고스케가 부주장이 되면서 수영부의 분위기는 싹 바뀌었는데, 나는 지금이 상당히 만족스럽다. 아니, 이게 옳은 거라고 생각한다.

평소에 연습할 때는 각 코스에 네다섯 명이 들어가고, 코스마다 각기 다른 메뉴로 연습한다. 늘 하던 대로 교코와 둘이서 수영장 가장자리에 서서 부원들에게 코스별 메뉴를 할당해주고 있는데, 1학년인 쇼고가 달려와 갑자기 우리들의 등을 떠밀었다. 비명을 지르는 교코를 뒤에서 껴안는 폼으로 나와 교코는 한꺼번에 물속에 빠졌다. 우리 수영부는 1학년이 3학년의 등을 떠미는, 그런 발칙한 그룹이다. 한여름 땡볕을 받아 반짝반짝 빛나는 수영장에 엄청난 물보라를 일으킨 우리들을 보고, 가장자리에 서 있던 부원들 모두가 큰 소리를 내며 웃고 있었다. 모두의 웃음소리는 수면 위로

튕기며 반짝이는 빛을 그대로 담아 내 귀에 박혔다.

"쇼고!"

하늘을 찌를 듯한 교코의 소리가 수면을 일렁인다. 젖은 머리카락을 흔들면서 "모두들 쇼고를 붙잡아!" 하며 다시 소리친다. 서성대며 웃고 있던 아이들이 이번엔 모두 쇼고를 뒤쫓아 가서 팔과 다리를 붙잡아, 작대기에 매단 사냥감 멧돼지 마냥 몇 번 휘휘 돌리다 그대로 내던지자 쇼고의 몸은 태양에 가 닿을 만큼 붕 떴다가 물속으로 풍덩 빠졌다. 거기서 끝나면 성에 안 찬다. 모두들 수영장에 뛰어든다. 수영장 안 가득히 함성과 물보라가 인다.

우리들은 각자 코스에 들어가 300미터 왕복부터 시작했다. 수영장에는 7개 코스가 있는데 간단히 말해서, 1코스부터 빠른 사람 순서대로 7개 코스까지 나누어 조별로 훈련한다. 1코스는 나를 포함해 거의 자유형을 주종목으로 하는 선수들로 75초 사이클로 100×10을 수영할 수 있는 사람들이 이용한다. 멤버는 3학년에서는 나와 고스케. 2학년은 하라다와 오니시. 그리고 유일한 여자로 교코. 교코는 결코 빠른 선수는 아니어서 늘 뒤로 처지지만 본인의 말을 빌리면, 나에게 활기를 불어넣기 위해 이 코스에서 수영하는 거란다. 하긴, 조금이라도 내 속도가 떨어지면 아무리 내가 숨을 헐떡거리고 있어도 어깨와 가슴을 있는 힘껏 꼬집는다. 어쩌면 그게 무서워서라도 내 기록은 이렇게까지 향상됐는지도 모른다.

다소의 차이는 있을지언정, 방학기간 내의 연습은 거의 같은 내용으로 진행된다. 뭣 때문에 만날 수영장 안을 왔다 갔다, 이렇게 헤엄만 치고 있는 건가 하는 생각이 들 때도 있지만, 이 가혹한 연습량을 끝까지 해내고 나서의 해방감을 한 번 맛보면, 그 쾌감을 잊을 수가 없어 다음 날도 또 물에 뛰어들게 된다. 매일 밤 혼자서 하는 그 짓과 똑같은 이치다.

5

"료운! 킥이 영 안 듣잖아!"

열나게 SF를 하고 있는데 교코의 카랑카랑한 목소리가
들렸다. SF라는 건 'Slow & Fast'의 약자로 100미터를 천
천히 수영하다가 또 빨리 수영하는, 가장 느슨해지기 쉬운
연습이다. 뒤따라오던 교코가 아까부터 몇 번이나 내 발바
닥을 때리고 있는 건 알고 있었다. 헤엄치면서 이런 짓을 할
수 있는 여자는 교코밖에 없다.

"나한테 따라잡히면 어떡해? 너 딴생각하고 있지? 수영
에 집중하란 말이야!"

"료운이 수영하면서 생각하는 건 뭐 뻔하지, 여자의 벗은
몸 아니겠어? 우히히히."

교코의 질책에 고스케가 한 마디 거든다.

"료운 선배, 은근히 여자 밝히는구나."

2학년인 하라다가 그렇게 한 마디 던지고 얼른 물속으로

뛰어든다. 벽을 박차고 물속에서 전진해 나가는 하라다의 몸이 투명한 강물을 따라 헤엄치는 물고기 같다. 나는 교코에게 변명할 겨를도 없이 딸랑 15초밖에 안 되는 휴식을 끝내고 다시 물살을 가르며 나갔다.

사실 교코의 감은 정확했다. 그때 나는 후지모리를 생각하고 있었다. 어젯밤 게이치로한테서 들은, 섹스하고 싶어 하는 후지모리의 환상이 수영장까지 따라와서 "응? 우리 하자아" 하며 속삭이는 그 목소리가 내 젖은 귀를 간질였다. 덕분에 이렇게 격하게 몸을 움직이고 있음에도 나의 그것은 미디엄 사이즈인 수영복을 당장이라도 터뜨리고 튀어나올 듯했다.

도무지 때와 장소를 구분할 줄 모른다.

SF를 끝내고 모두들 킥보드를 가지러 올라왔을 때 수영장 안에서 교코에게 슬쩍 물어보았다.

"저기 교코, 여자도 매일 밤 섹스를 하고 싶다거나 그런 생각해?"

"글쎄, 그런 건 고스케한테 물어봐야지. 나보다 고스케가 여자의 기분에는 더 빠삭할 테니까. 자칭 수영부의 카사노 바잖아."

"그렇지만, 너도 일단은 여자잖아."

"당연한 소리! 여기서 내가 증거 보여줄까?"

"됐어! 그만둬."

"하하하핫."

여름구름에도 뒤지지 않을 호쾌한 교코의 웃음은, 여자에 대한 환상에서 오는 괴로움을 다른 의미에서 해소시켜주었다.

킥이 끝나고 5천 미터 수영을 마칠 때쯤 되면 점차 말수가 줄어든다. 2학년인 하라다와 오니시는 어깨를 들썩이며 숨을 헐떡거리고, 고스케의 농담에 웃을 기력도 남지 않는다.

우리들은 정말 매일을 하루같이 이렇게 숨쉬기도 어려울 만큼 몸을 혹사시키고 있지만, 그건 그 나름대로 금욕적인 우리들에게는 최적의 자기탐닉시간이기도 하다. 시간이 정오를 넘어 이글거리는 태양이 인정사정없이 내리꽂히면 수영장 안의 물은 아비지옥의 열탕이 되어간다. 물속에서도 땀은 흘러내릴 정도로 나온다. 연습량이 적은 코스의 멤버들이 수영을 마치고 마지막 남은 힘을 짜내 수영장에서 몸을 질질 끌며 하나둘 나가기 시작했다. 나는 후배들에게 부실 청소를 지시하고 연습을 계속했다.

이젠 어깨도 들 수 없다. 조금만 더 발에 힘을 주려고 하면 쥐가 날 것만 같다. 지금이라도 당장 입에서 심장이 튀어나와 뜨끈해진 수영장 밑바닥으로 온몸이 가라앉는 건 아닐까 하는 기분이 들기도 한다.

모래사장 위로 쓸려 올라온 표류자처럼 마지막 100미터 수영을 끝내고 파김치가 된 몸을 수면 위로 띄우면, 내 얼굴 바로 위에 태양이 떠 있다. 흰 구름을 향해 숨을 토해내고 푸른 하늘에서 새 공기를 빨아들인다. 몸 안에서는 힘이 되살아난다.

"료운 선배! 오늘도 조금 더 남아 있어도 돼요?"

수영장 가장자리에서 쇼고가 말을 건다. 조금 전 나와 교

코를 물속에 빠뜨린 그 1학년생이다. 물위에 누운 채로 몸의 방향을 바꾸자 쇼고의 가슴에 반사된 햇빛이 보였다.

"아, 그럼 좋지. 호흡연습 계속 하게?"

"네."

"좋아! 나도 남아서 특별훈련을 시켜주지."

"네? 정말이요?"

"어어."

옷을 다 갈아입은 부원들이 물기가 남은 머리를 하고 수영장을 나서는 걸 쇼고와 둘이서 배웅했다.

"료운 선배, 저기요. 나, 100미터 완주할 수 있을까요?"

"왜 그런 말을 해?"

"그렇잖아요, 수영부에 들어온 지 벌써 5개월이나 되는데, 아직……."

"너 처음 들어왔을 때는 1미터도 헤엄치지 못했지? 지금은 어때?"

"뭐, 일단 25미터는 수영할 수 있게 됐지만, 아직 숨쉬기가 안 돼요."

"하하하, 중간에 숨 한 번 들이쉬지도 않고 25미터나 수영할 수 있다는 게 내가 보기엔 더 힘든 기술 같은데."

"에이, 또 놀리고 있어! 근데…… 요즘엔 정말로 수영부에 들어오길 잘했다고 생각해요. 처음엔 수영도 못하는 애가 수영부에 들어가면 웃음거리나 될 거라고 생각했는데……."

"웃음거리는 무슨……. 생각해 봐. 수영부 멤버 가운데 수영 못하는 사람이 있다니 그게 더 희귀한 존재 아니냐? 하하핫."

"에이, 정말 괜히 말했어."

수영장 가장자리로 올라와 쇼고에게 호흡법을 가르쳐주었다. 한두 번은 되는데, 아무리 봐도 자꾸 가라앉는 것처럼 보였다. 하지만, 물속으로 가라앉고 있는 자의 눈이 얼마나 진지한지, 본인은 알까? 나는 진심으로 쇼고가 100미터를 완주할 수 있게 되길 바란다.

"좀더 힘을 빼고! 천천히 해도 돼. 너 지금 고개를 너무 쳐들었어."

"그, 근데, 그런 지적을 받아도…… 콜록! 콜록!"

"그건 그렇고, 쇼고, 너 혼자서 자주 영화 보러 다니는 모양이지?"

"콜록, 콜록…… 으, 응, 가는데요."

"지금까지 본 영화 중에 제일 재밌었던 영화는 뭐였냐?"

"지, 지금 그런 얘기할 때가 아니잖아요!"

"어, 미, 미안."

적당히 대충대충 가르칠 생각은 아니었다. 다만, 왠지 모르게 어색한 기분이 들었던 것뿐이다. 실력이 모자란 후배에게 연습이 끝나고 나서도 지도를 해주는 선배, 이러한 내 모습을 생각하니 등줄기가 근질근질, 괜히 쑥스러웠던 것뿐이다.

"〈마작방랑기〉 정도?"

쇼고는 일단 내 질문에 그렇게 답을 하고 다시 수영을 시작했다.

얼굴을 너무 요란스럽게 쳐들지만 않으면 쇼고의 영법도 가라앉는 것처럼은 보이지 않는다. 하지만 아직까지 연속 3

회 호흡을 하면 손발의 움직임이 균형을 잃고 앞으로 나가는 건지 뒤로 가는 건지 분간이 안 되는 모양새가 된다.

"너, 마작할 줄 알면 다음번에 한 번 같이 할래?"

"네? 응, 좋은데요, 그보다 내 수영하는 모습 좀 이상하지 않아요?"

"전혀."

"모레 기록 잴 때는 꼭 100미터 완주하고 싶은데 무릴까요?"

"그거야 나는 모르지."

쇼고와 나는 아무도 없는 수영장에서 연습을 계속했다.

6

기록을 재기 바로 전날, 연습은 없었다. 그러나 나는 아침부터 집에서 혹사당하고 있었다. 우리 집은 술 가게를 하고 있는데 학교라도 쉬는 날이면, 아침부터 자판기에 물건 채우기라든가 창고 정리 등으로 맥주상자를 몇십 개나 올렸다 내렸다 해야만 한다. 열여섯 번째 생일날, 아버지는 선물을 사주셨다. 그것은 그 나이 또래의 남자라면 누구나 목구멍에서부터 손이 튀어나올 정도로 갖고 싶어하는 '오토바이' 였다. 하지만 아버지가 선물해주신 오토바이는 정확히 말하면, 뒤에 짐칸이 딸려 있는 50cc급 스쿠터다. 그날부터 나는 그걸 타고 아버지가 적어준 주소를 찾아다니며 배달을 하고 있다.

그러나 이렇게 말하는 것도 참 뭣하지만, 그 짐칸 딸린 스쿠터를 탄, 겉보기에는 꽤나 꼴사나울 내 모습이, 난 그다지 싫지 않다. 짐칸에 실린 맥주상자를 한 손으로 잘 누르면서 급커브를 날렵하게 돌 때면, 닭살이 돋을 정도로 기분이 짜릿하다.

때때로 배달 간 단골손님한테 "젊었을 때 너희 아버지하고 아주 꼭 닮았다"는 말을 들을 때가 있다. 맥주상자를 어깨에 짊어진 젊은 시절 아버지의 모습을 그려보면서 나는 급경사로를 달린다. 열일곱인 나는 이제 내가 믿고 있던 것처럼 아버지가 강한 남자도 아니요, 어머니가 아름다운 여자도 아니라는 것은 알고 있다. 다만, 열일곱 살인 나는 아직 내가 강해졌다는 실감도, 어머니보다 아름다운 여자를 찾아낼 자신도 없다.

아무튼, 맥주상자를 떠받치느라 불거져 나온 이두박근이 나는 꽤 마음에 든다.

이날도 이미 아침부터 두세 군데 배달을 끝마쳤다. 가게 안에서 아버지와 마주 앉아 점심을 먹고 있는데 고스케가 숨이 턱에 차 뛰어들어왔다. 고스케가 입고 있는 찢어진 구제 청바지를 본 아버지가 "바지가 그게 뭐냐 도대체, 어머니한테 꿰매달라고 해!" 하며 웃었다.

"아저씨, 이게 유행이에요. 아이 참, 뭘 모르시네."

"유행은 무슨 유행! 바보같이, 그건 그렇고, 너 마침 잘 왔다. 여자 뒤꽁무니만 쫓아다니지 말고 가게 일이나 좀 도와라!"

"좋은데요, 일당은 주실 거죠?"

"무슨 소리, 너 같은 반푼이는 무료봉사다. 무료봉사."

"우와, 너무하신다."

그때, 고스케의 목소리를 들은 어머니가 허둥지둥 방으로 들어왔다. 오늘은 웬일로 컨디션이 좋은지 어머니는 아침부터 가게에 나와 있었다.

"아이고, 이제 왔구나. 어젯밤엔 어디 갔었니? 점심식사는 아직이지? 자자, 빨리 앉아서 먹어라."

"앗, 예."

고스케는 순순히 대답을 해주었다. 어머니가 고스케를 나의 형 유다이와 착각하고 있다는 건, 그 자리에 있는 사람들은 다 알고 있다. 나나 아버지 둘 다, 고스케의 연기를 가만히 보고 있을 수밖에 없었다. 조금이라도 어머니의 환각을 부정하면, 울며불며 난리치는 어머니가 결국 어떻게 될지, 이미 수도 없이 지켜보았으니까.

반년 전, 형 유다이가 오토바이 사고로 죽은 이후, 어머니는 약간 이상해졌다. 처음엔 농담이라고 생각했다. 나나 내친구들을 보고 형의 이름을 부르는 어머니를, 고약한 농담을 한다고 생각했었다. 하지만, 이 세상에 순수한 농담 같은

웃터

건 존재하지 않는다.

"얘, 료운, 형한테 밥 좀 퍼줘라."

어머니의 목소리를 들으면서 가슴이 콱 막히는 것 같았다. 아버지도 어쩌지 못하고, 고개를 숙인 채 생선 가시만 열심히 발라내고 있다.

"아니, 제가 풀게요."

상황을 알고 있는 고스케는, 약간 겁먹은 듯 미소를 지어보이며 잠깐 동안 나의 형 유다이가 되어주었다.

"오늘 밤엔 아무 데도 안 갈 거지? 저녁엔 뭐 해줄까?" 신이 나서 묻는 어머니에게 고스케가 "고기라도 구워주세요" 하고 대답하니 어머니는 맘을 놓은 듯 가게로 돌아갔다.

"미안하다. 고스케" 하고 말하는 내게 고스케는 아직 반년밖에 안 됐잖냐며 위로해주었다. 아버지는 꿀꺽꿀꺽 소리 내서 차를 마시고 자리를 떴다. 하루아침에 형을 잃고 슬퍼하고 있는 것은, 절대 어머니 혼자만이 아니다. 아버지도, 그리고 물론 나도……. 어머니의 상태가 이상하다는 걸 알았을 때, 아버지는 말했다.

"여자가 슬픔을 표현하는 방식은 남자와는 다르다. 너희 엄마가 유다이 몫까지 저녁상을 차리거든, 네가 다 먹어줘라. 암말 말고 그냥 네가 형 것까지 다 먹어라."

7

계단이 많은 우리 동네에는 스쿠터로 배달할 수가 없는 집이 꽤 된다. 나와 고스케는 각자 맥주상자를 짊어지고 긴 계단을 말없이 오르고 있었다.

"저기, 료운, 너 말이야. 만약에, 정말 만약에……, 너의 베스트프렌드가 호모라면 어떡할래?"

뒤따라오던 고스케의 말에 순간, 발걸음이 멈춰져 어깨에 지고 있던 맥주상자를 놓칠 뻔했다. 고스케가 허겁지겁 그것을 한 손으로 받치고, 험악한 표정으로 노려보는 내게, "아니, 착각하지 마! 난 아니야. 난 아니라고" 하면서 냅다 고개를 흔들었다. 그 바람에 이번엔 고스케가 지고 있던 맥주상자가 떨어질 듯 흔들거려 내가 얼른 한쪽 손을 갖다 댔다. 야케이 마을로 이어지는 긴 계단 중간 참에서 서로 상대편 맥주상자를 떠받치고 있는 우스운 모양새 사이로, 냉랭한 침묵이 이어졌다.

"절대, 절대로 다른 사람한테 말하면 안 돼! 게이치로의 명예에……."

"게, 게이치로?"

"아, 아니, 저…… 저기, 흥분하지 말고 들어 봐."

얼떨결에 튀어나온 황당해하는 내 목소리에 고스케가 쩔쩔맸다.

"너, 너나 흥분하지 마."

나도 도무지 갈피를 잡을 수가 없었다.

"아, 아무튼 바로 저 앞집이니까. 먼저 배달부터 끝내고 듣자."

그런 다음 고스케를 남겨둔 채 나 혼자 먼저 계단을 오르기 시작했다.

"저기, 잠깐만 기다려!"

뒤쫓아 올라오는 고스케의 소리를 들으면서, 나는 이마

를 타고 흐르는 땀이 눈으로 들어가던지 코로 들어가던지 간에 성큼성큼 발걸음을 옮겼다.

"자, 이제 말해 봐. 그게 무슨 말이야? 게이치로가, 그러니까, 그, 호모라는 말이야?"

나와 고스케는 햇빛이 쏟아지는 긴 계단의 중간 참에 걸터앉아 눈 아래 펼쳐지는 츠루노 항구를 바라보고 있었다.

"어쩌면 게이치로도 잠깐 머리가 어떻게 됐던 건지도 몰라."

"그, 그렇지만, 생각해 봐! 게이치로한테는 후지모리라는 여자친구도……."

고스케의 말을 재빨리 부정해 보기는 했지만, 곧바로 그날 일이 떠올라 내 말은 흐지부지 꼬리를 감추고 말았다. 게이치로는…… 후지모리한테…… 손가락 하나 대려고 하지 않는다.

"내 말 좀 들어 봐. 어제 말이야, 또 게이치로네 집에 묵으러 갔는데, 그런데…… 너 놀라지 마라. 게이치로의 어머니가, 가출을 했대."

"아, 아줌마가 가출을?"

내게는 이제 뭐가 뭔지, 머릿속이 불볕에 지글지글 타들어가는 것 같은 느낌이었다.

"응. 아줌마가 갑자기 집을 나갔대. 글쎄, 뭐 아줌마의 가출과 게이치로의 일은 직접 관계는 없지만……."

"관계가 없다니? 그럼 뭣 때문에 아줌마가 가출을 해?"

"거기까지 내가 어떻게 아냐? 다만, 밤이 되서 게이치로가 갑자기 술이라도 마시자고."

"수, 술이라고? 너……."

"아니, 그게, 게이치로가 너무 축 처져 있는 것 같아서……."

고스케의 이야기는 이리 갔다 저리 갔다, 도무지 갈피를 못 잡고 죽 늘어지기만 했다. 간단히 설명하자면, 술에 취한 게이치로가 고스케에게 다가와 안긴 모양이다. 글쎄, 뭐 술도 들어가고 했으니, 고스케도 그대로 안겨 있게 받아준 모양이긴 하지만…….

"그런데 그때 말이야, 아무래도 게이치로가 발기를 한 거 같아서, 좀 기분이 찝찝했었는데……."

"그래서? 어떻게 됐어? 그냥 그게 다야?"

"아니, 좀 더 남았어."

고스케와 게이치로는 부둥켜안은 채로 잠이 들었다.

고스케 이 자식, 이것도 진짜 바보다!

한밤중에 어렴풋이 고스케가 잠이 깼는데 게이치로가 고스케에게 키스를 하고 있더란다. 고스케는 눈을 뜨는 게 겁이 나 그대로 가만히 잠든 척을 하고 있었더니, 그게 화근이었는지 게이치로가 고스케의 팬티에 손을…….

눈앞에 있는 고스케의 까무잡잡한 볼과 새빨간 입술이 그날 밤의 일을 너무나도 선명히 그려내, 나는 그만 할 말을 잃었다.

"그, 그래서, 더 이상은 좀 봐달라고 하고, 그대로 도망쳐 나왔어."

고스케는 희극을 비극이라 착각하고 있는지, 미간에 잡힌 주름은 코미디 수준을 넘어 확실히 비극적으로 보였다.

"그거, 게이치로가 장난친 거 아니야? 나한테는 그렇게밖에 생각이 안 돼."

"그, 그래도. 그때 게이치로의 표정을 봤으면 너도 그런 생각 못할걸?"

이야기를 다 듣고 나니 마음이 한결 가라앉았다. 연습으로 몸이 녹초가 된 밤에는, 어쩔 줄 모르고 울컥울컥 치미는 충동에 몸부림을 칠 때가 있다. 뭐라고 표현하면 좋을지 모르겠지만, 내 몸 한가운데 부분의 피부가 아주 예민해져서 창문에서 불어드는 실바람에도 열없이 달아오르는, 벽으로 달려가 몸뚱이를 몇 번씩 부딪치고 싶은, 좌우간 너무나 괴로워서 숨 한 번 내쉬는 것조차 몸서리치게 애가 탄다.

그런 밤엔 내리 두 번 정도 사정을 해 본댔자 아무 소용도 없다. 형광등 안에 갇혀 맴맴 도는 날벌레나 똑같다. 하지만 팬티 안에서는 애원하듯이, 그 멍청이가 고개를 버쩍 쳐들고 있기 때문에 별 수 없이 홀딱 벗고 문틀에 끼워보기도 하고, 커튼을 몸에 휘감아보기도 한다. 어쨌거나, 내 손이 아닌 무언가에 가져다 대고 싶고, 또 자극받고 싶어 견딜 수가 없는 것이다. 만약 벽에 구멍이 있어, 거기에 끼워 넣기만 하면 반드시 누군가가 붙잡아줄 거라고 하면 유치원의 벽이든, 양로원의 벽이든 나는 주저 없이 끼워 넣을 것이다. 아마 게이치로도 틀림없이 그런 밤이었을 거다.

발걸음을 뗀 나는 게이치로와 고스케의 추한 광경을 떠올리는 대신, 아줌마를 생각하고 있었다. 어째서 아줌마가 집을 나간 것일까, 그 이유를 도저히 헤아릴 수가 없었다. 내 멋대로 생각하면 생각할수록 낯선 남자의 등과 흐트러진 아줌마의 머리카락이 눈앞에 떠올랐다.

8

기록을 재기로 한 날 아침. 결국 게이치로는 연습에 나오지 않았다. 고스케는 어떻게 된 거냐며 눈으로 사인을 보냈지만 나는 못 본 척했다.

"그럼 지금부터 기록을 재겠다. 세 명씩 조를 짜서 수영할 테니까, 적당히 조를 나누도록! 되도록 같은 종목을 하는 사람들끼리."

스톱워치를 한 손에 들고 수영장 가장자리에 섰다. 기록표를 들고 있는 교코가 옆에 서고, 그 외 부원들은 메가폰을 들고 응원하기 좋은 장소로 옮겼다. 연습 과정 중의 중간채점이라고는 해도, 분위기는 한층 달아올라 있었다. 입으로는 기록 같은 거 안 쟀으면 좋겠다며 투덜대긴 해도 막상 출발대에 서면 기대 반, 불안 반. 촉촉해진 눈으로 잘 봐달라는 듯, 나와 교코에게 눈길을 보내는 녀석도 있었다.

제일 먼저 출발대에 선 것은 100미터 접영 여자부원들로, 개중에도 가장 긴장하고 있는 것처럼 보이는 사람은 2학년 미호이다. 중학교 때는 대회 신기록을 내는 등 화려한 경력을 갖고 있었으나, 고등학교에 들어온 다음부터는 늘 제자리걸음이다. 고스케의 말에 의하면 미호는 가슴이 너무 커져서 그렇단다.

출발대에 서서 긴장과 근육을 풀기 위해 팔, 다리를 흔들고 있던 미호가 당장에라도 눈물을 쏟을 듯한 표정으로 이쪽을 봤다. 교코는 매서운 눈초리로, 그리고 나는 어쭙잖은 미소로 그런 미호의 시선을 받아주었다. 미호도 이를 악물고서 고개를 끄덕여 보인 다음, 출발 자세를 취했다.

"준비! 출발!"

미호를 비롯해 같은 조에 속한 모든 부원들이 순조로운 출발을 했다. 물속에 있는 부원들의 팔이 물살을 가를 때마다 응원소리가 높아져간다. 50미터 턴 지점에서 미호는 자신의 최고기록을 깬 모양이다. 출발대 옆에 앉아 턴한 시간을 받아 적은 고스케가 미호에게 "좋아, 30초대를 끊었어. 끊었다고!" 하며 소리치고 있다.

옆에 있던 교코도 기록표를 보고 우렁찬 함성을 터뜨린다. 그날 미호는 자기 최고기록을 냈다. 고스케한테서 체크한 시간을 전해들은 미호는 수영장 안에서 울음을 터뜨렸다. 0.001초도 꿈쩍 않던 종전기록 때문에 미호는 몇 차례나 수영부를 그만두겠다고 교코에게 얘기를 했었다. 그때마다 교코는 격려를 해주었고, 미호는 하루도 빠짐없이 연습을 해왔다. 그리고 바로 오늘, 단 0.4초 줄어든 자신의 기록에 눈물을 쏟고 있는 것이다. 나는 그런 미호의 눈물을 보면서 막연하게 속으로 중얼댔다.

'그래, 바로 이런 거야.'

미호의 선전이 불을 댕겼는지, 올해 마지막 기록평가에 서는 연이어 자기 최고기록들이 쏟아졌다. 교코를 포함한 중거리 선수들만 남고 여자들 대부분이 수영을 마쳤을 즈음, 지도교사인 구로키 선생님이 수영장으로 나왔다.

"뭔가, 분위기 좋아 보이네. 물장구치는 소리가 저 밖에 까지 다 들리고. 가끔은 나도 옷 갈아입고 수영이나 해볼 까?"

"우린 지금 놀고 있는 게 아니에요!"

구로키 선생님의 태평한 말투에 교코가 재빨리 받아쳤 다.

"농담이야, 농담. 이런 날 피부를 그대로 드러내놓을 수 야 없지. 교코처럼 건강한 피부도 아닌데."

영어교사인 구로키 선생님은 제비뽑기를 잘못하는 바람 에 올해부터 수영부 지도교사가 됐다. 평일 연습 때는 거의 얼굴을 내미는 일이 없지만, 휴일 연습할 때만큼은 슬그머니 나타나, 무슨 호텔 수영장에 온 것처럼 파라솔과 긴 의자를 꺼내놓고 좋아하는 진을 소다에 섞어 마신다. 한 마디 사족을 달자면, 선생님이 마시는 진은 봄베이 사파이어라는 영국산으로, 내가 집에서 가져다준다.

"응? 게이치로가 안 나왔잖아? 어떻게 된 거야? 이런 일 없었잖아."

기록표의 게이치로 이름 옆에는 X표 도장이 찍혀 있었다.

"아니, 어쩌면 나중에 올지도 몰라요."

내게는 묘한 예감이 있었다. 약속을 지키지 못할 거란 예감이기도 했지만, 이날 게이치로가 꼭 나타날 거라고 난 믿고 있었다.

"저기, 료운, 잠깐 할 얘기가 있는데용."

선생님은 교코를 놀리듯이 일부러 그 애의 귓가에 대고 애교스런 아가씨처럼 속삭이면서 나를 약간 떨어진 야자나무 밑으로 데리고 가려 했다. 교코가 빨리 끝내고 오라면서 쏘아보았다.

우타

"내가 또 교코를 화나게 한 건가?"

"괜찮아요. 선생님처럼 건드려주는 사람이 없으면, 아무리 성실한 스포츠 소년 소녀들이라고 해도 할 맛이 안 나니까요."

선생님은 내 말엔 웃지도 않고 말했다.

"료운, 네 담임선생님한테 들은 얘긴데, 끝까지 대학은 안 갈 생각이라고?"

"네, 그럴 생각인데요."

"갈 수 있으면 가는 게 좋잖아. 4년 동안 여자들이랑 좀 어울려 놀아. 아, 혹시 어머니 때문에 그러니? 아무리 생각해도……."

"아니요, 저희 어머니는 상관없어요. 그냥 아버지 가게 일을 이어받고 싶어서……."

그때 등 돌리고 있던 수영장 쪽에서 갑자기 커다란 함성이 들렸다. 돌아다 보니 25미터 완주가 최고였던 쇼고가 그때 막 50미터 턴을 하고 있던 참이었다.

"아, 선생님! 쇼고가, 쇼고가 50미터를……."

나는 죽을힘을 다해 막 턴을 하려고 하는 쇼고 근처로 다가섰다.

"쇼고! 힘내라! 앞으로 절반밖에 안 남았어!"

응원하는 아이들이나 수영을 마친 아이들 모두 저마다 한 마디씩 쇼고를 위해 응원하고 있었다. 우리들은 꼭 물속으로 가라앉을 것 같은 폼으로 수영하는 쇼고를 지켜보며 수영장 가장자리를 따라 걸었다. 쇼고와 함께 출발했던 멤버들이 하나둘 골을 향해 가고 있다. 쇼고는 드디어 75미터 지점을 넘어섰다.

'좋아! 앞으로 딱 25미터다!'

속으로 나 자신을 가라앉히기 위해 타일렀다. 발버둥치는 것처럼 허우적허우적 나아가는 쇼고의 몸뚱이 옆에, 태양이 떠 있었다. 발을 구르면서 킥을 한 다음 수면 위로 물보라가 일면서 그 한 방울 한 방울이 유리알처럼 빛났다. 쇼고가 수영장의 중간 지점까지 왔다. 하지만 팔을 내저을 때마다 손발의 균형이 깨지는 게 보였다. 괴로운지, 숨을 들이쉬려고 내미는 얼굴이 점점 하늘로 향한다.

쉼터

"쇼고! 딱 절반만 더! 힘내! 끝까지 가자!"

그때 호흡을 하려고 쳐든 얼굴 옆으로 높은 물결이 덮쳐 쇼고가 크게 벌린 입속으로 반짝거리는 물이 쓸려 들어갔다. 앞으로 겨우 10미터 남긴 지점에서.

많은 물을 한꺼번에 들이마신 쇼고는 심하게 기침을 하면서 일어났다. 수영장 가장자리를 울리는 축축한 쇼고의 기침 소리를 아이들의 한숨과 무심한 매미의 비명이 삼키고 있었다.

9

결국 이날 기록평가에서는 나를 비롯해 고스케도, 다쿠지도 자기 최고기록까지는 올리지 못했지만, 얼추 만족할 만한 기록을 냈다. 개인적인 얘기를 좀 하자면, 나는 100미터 자유형을 57초 10으로 끊어 꽤 만족할 만했다. 그러나 성 마리안느의 다시마가 56초대 기록을 냈다는 걸 생각하면 단순히 좋아하고 있을 수만은 없다.

부원들 모두의 기록을 다 쟀는데도 게이치로는 나타나지 않았다. 아이들이 옷을 갈아입고 있는 도중에 나는 그대로 수영복 차림으로 수영장에 석회를 하나둘 천천히 던져 넣었다. 부실 안에서 2학년 하라다가 "료운 선배! 그런 건 우리들이 할게요" 라고 말하는 소리가 들렸지만 곧이어 "료운은 석회 던지기를 좋아하니까, 방해하지 마" 하며 킬킬대는 고스케의 목소리가 따라붙었다.

그도 그럴 것이 작년까지는 수영장 안 소독을 위한 석회 뿌리기 같은 잡일은 모두 후배의 몫이었지만, 나는 정말로 이 일이 하고 싶으니 어쩔 수 없다.

석회를 다 뿌려 넣고 창고에 봉투를 가져다둔 다음 부실로 돌아왔을 때는, 구로키 선생님 외에 아무도 남아 있지 않았다. 선생님은 부실에 걸어놓은 역대 수영부 사진을 쳐다보고 있었다. 거기에는 나의 형 유다이가 주장이었던 시절의 사진도 있다. 형 유다이는 3년 전 대회에서 100미터 평영에 출장해 대회 신기록을 달성하며 우승했다. 나한테는 자랑스러운, 정말 정말 자랑스러운 형이라, 형이 하는 일이라면 무엇이든 따라했었다. 지금 이렇게 수영부의 주장을 맡고 있는 것도 그 덕분이라 생각한다.

"여기 이 사람, 네 형이라지?"

"예, 하나도 안 닮았죠?"

"응. 형이 더 매력적인 거 같다."

"만약 살아 있다면 올해 스무 살이에요."

"그래, 그럴 거야. 어머님도 많이 괴로우셨겠네. 계속 입원해 계시다고 들었는데……."

"아니요. 지금은 집에 계세요. 가끔 몸 상태가 좋을 때도 있고, 또 가끔 좀……, 아직 안심할 수는 없어요."

"그래. 아직 반년도 안 지났잖아. 그런데 어쩌다가 오토바이를……."

"……."

선생님은 닳아빠진 긴 의자에 앉아 바닥에 약간 남은 진을 마저 다 비웠다. 여자부원들의 검게 탄 피부에 익숙해져서 그런지 선생님의 흰 피부가 안쓰러워 보인다. 아무한테도 말한 적은 없지만, 나는 시안바시 거리에서 남자한테 매

달려 울고 있는 선생님을 본 적이 있다. 평소 우리들에게는 매력이 없다는 둥, 너희들 앞에서는 뭘 마셔도 밍밍한 우유 맛이 난다는 둥 했으면서 그날 밤 선생님이 매달려 있던 남자는 아무리 좋게 봐주려 해도 매력적인 남자로는 보이지 않았다. 몸을 꼭 죄는 양복을 입고 있는 게, 휴일에는 하루 종일 파친코에나 틀어박혀 있을 것 같은 그런 남자로밖엔 봐줄 수 없었다.

"선생님, 쉬는 날까지 무리해서 연습하는 데 나오지 않으셔도 돼요."

"뭐 특별히 무리하는 건 아니야. 오늘은 교무회의도 있었고, 게다가 가끔씩 감자들이 물에 뜨는 걸 바라보면서 한가하게 지내고 싶기도 하니까."

선생님이 들러붙어 있던 남자가 훨씬 더 감자라고 생각한다. 선생님은 부실의 창문을 열고 담배를 피우기 시작했다.

"선생님, 좀 실례된 말인데, 해도 되나요?"

"어머, 웬일이니. 무슨 말인데?"

"선생님을 보고 있으면요, 그러니까 수영장 가장자리에서 술 같은 거 마시고 있는 선생님을 보면, 왠지 쓸쓸하게…… 아니, 처량해 보일 때가 있어요."

"얼굴을 똑바로 쳐다보고 서서, 못하는 말이 없네."

"늘 그런 게 아니라, 그냥 가끔씩 그래요."

"처량해 보여서 뭐?"

"그러니까 그럴 때는, 어떡하면 좋을까 해서……."

"누가?"

"그러니까, 제가요."

부실 안 분위기는 갑자기 찬바람이 휭 지나간 듯했고, 잠시 후 선생님은 웃음을 터뜨렸다.

"웃기세요?"

"하하하하, 미안, 미안. 그런데 말이지…… 고맙긴 한데, 료운한테는 무리야. 아무것도 해줄 게 없을 거 같아. 그러니까 늘 하던 대로 수영장 안을 왔다 갔다 해주면 돼."

"……."

"어항 속에서 키우는 열대어도 쓸쓸한 여자한테는 도움

이 될 때가 있는 법이니까."

선생님이 교무실로 가고 혼자 탈의실에 남아 교복으로 갈아입고 있었다. 유리창 너머로 눈부신 태양빛이 쏟아지는 수영장이 보였다. 탈의실의 콘크리트 바닥은 물이 흥건해 곳곳에 퍼런 이끼가 끼어 있다. 천장에 매단 로프에는 부원들의 목욕타월과 수영복이 걸려 있어 강렬한 냄새를 풍겼다.

밖으로 시선을 돌려보니 철망 너머로 수영장을 들여다보고 있는 게이치로의 모습이 있었다. 분명, 아이들이 모두 돌아간 뒤에도 내가 남아 있을 거란 걸 알고서 수영장 뒤에 숨어 기다리고 있었을 것이다. 탈의실 안으로 바람에 실린 석회 냄새가 훑고 지나갔다.

그래, 결국 이거다. 지금 내가 몇 초에 완주를 해낼 수 있는가? 그것이 최대의 관심사이고, 그것이 우리의 존재 그 자체다.

"게이치로! 거기서 뭐하는 거야? 빨리 들어와!"

탈의실 창문에서 외친 소리가 작은 돌멩이처럼 수면을

몇 번 튀기고 게이치로의 귀에 가 닿았다. 게이치로는 겸연쩍은 듯 고개를 숙인 채 터벅터벅 수영장 가장자리를 따라 걸어 들어왔다.

"지각이야!"

"아, 어어."

"빨리 옷 갈아입어! 내가 시간 재줄 테니까."

"아, 저기, 저…… 고스케가…… 무슨 말, 너한테……."

"빨리 옷이나 갈아입으라니까!"

게이치로가 전날 일을 말하려고 한다는 건 알고 있었다. 하지만 나는 그를 탈의실에 남겨둔 채 곧바로 스톱워치를 가지러 탈의실 문을 나섰다.

가볍게 수백 미터를 수영한 게이치로가 물에서 나와 출발대에 설 때까지, 우리들은 한 마디 말도 나누지 않았다. 출발대에 선 게이치로가 물었다.

"고스케랑 다쿠지는 어땠어? 최고기록 냈어?"

"아니, 둘 다 자기 기록은 못 깼지만, 고스케는 2초대로 들어왔고 다쿠지도 5초대를 끊었어."

"그래? 그럼, 료운, 너는?"

"57초 10."

"모두들 컨디션 좋았구나. 좋아, 나도 확실하게 한 번 해 봐야지."

"준비됐어? 가자."

"응."

"준비, 출발!"

게이치로의 주종목인 평영은 물에 뛰어든 다음 깊숙이 잠수하여 한 번 팔을 내젓고, 한 번 발로 차는 식으로 손과 발을 한 번씩만 움직일 수 있다. 평영이라는 영법은 수면보다 물속에서 더 빠르게 전진하기 때문에 물속에서 하는 풀과 킥(Pull & Kick : 팔로 물을 끌어당기고, 발로 물을 차는 기술—역주)은 한 번으로 제한되어 있다. 물속 깊숙이 뛰어든 게이치로의 몸이 강을 헤엄쳐 가는 물고기처럼 매끈하게 뻗어나간다. 넓은 수면 위로 V자 모양의 물결이 인다. 출발대 옆에서 게이치로가 헤엄치는 모습을 눈으로 좇고 있다 보니 마치, 수영장 바닥에 생긴 자신의 그림자와 경쟁을 하고 있는 것처럼 보인다. 게이치로는 지금, 자신의 그림자와 사투를 벌이고 있는 것이다. 아무도 없는 수영장에 게이치로가 울리는 물장구 소리와 내 심장 고동 소리, 그리고 자지러지게 울어대는 기름매미 소리가 퍼진다.

나는 힘차게 스톱워치를 눌렀다.

"아, 몇 초야?"

어깨를 들썩이면서 게이치로가 묻는다.

"게, 게이치로! 해, 해냈어! 해냈다고, 이것 봐!"

손에 쥐고 있던 스톱워치를 게이치로에게 보여주었다. 그것을 본 게이치로는 "좋아, 좋아, 좋아" 하고 격한 숨을 토해내며 몇 번이나 고개를 끄덕였다. 게이치로는 종전의 자기 최고기록을 1초 3이나 앞당겼다. 만약에 이 기록이 정식 장거리 수영장에서 나왔더라면 게이치로는 나의 형 유다이가 올린 대회 신기록을 갱신할 수 있었을 것이다. 게이치로의 쾌거에 한동안 흥분이 가라앉지 않았다. 둘 다 옷을 갈아입고 수영장 가장자리로 나와 양말을 신을 때까지도 서로 팔과 배를 툭툭 쳐가며 기쁨을 나눴다.

연습이 끝나고 난 뒤, 마른 타월로 몸을 닦고 뽀송뽀송한 몸에 셔츠를 입는다. 그리고 가볍게 미끄러지듯 신발을 신는다. 늘 생각하는 거지만, 수영장을 나설 때의 나만큼 청결한 것은 없다고 생각한다. 앞으로도 계속, 가능하면 죽을 때까지 이런 느낌을 맛보며 살았으면 좋겠다.

10

교문에서 쭉 이어지는 긴 자갈 언덕길을 게이치로와 나란히 걸어갈 때도 좀 전의 흥분이 가시지 않고 있었다. 위선적으로 들릴지는 모르겠지만, 나는 다른 이의 기쁨을 내 일처럼 기뻐할 수가 있다. 확실히 혼자서만 최고기록을 낸 게이치로에게 질투하는 마음이 전혀 없었다고 하면 거짓말이 되겠지만, 그런 쩨쩨한 질투에 비하면 몇 배나 아니, 몇십 배나 게이치로의 쾌거가 진심으로 기뻤다.

자기분석에는 별 소질이 없는 나지만, 이런 기질은 형의 영향 때문이지 싶다. 어릴 때부터 형의 기쁨을 내 것인 양

착각을 하며 자랐다. 형이 낸 기록은 곧 나의 기록이고, 형을 좋아하는 사람들은 무조건 내게 호감을 가져줄 거라 여겼다.

어렸을 때 형은 곧잘, 나이가 어린 나를 위해 "료운을 끼워주지 않으면 나도 너희랑 안 논다"며 다른 아이들이 날 어리다고 따돌리는 것을 절대 가만두지 않았다. 형, 유다이는 그런 남자였다.

"우리 엄마 가출했다는 얘기, 고스케한테 들었지?"

"아? 어어. 들었는데, 도대체, 그게……."

"이유는 나도 잘 몰라. 다만……."

"……"

"우리 아빠랑 사이가 좋지 않은 거 같아."

"아버지랑? 하지만 늘 웃고 계셨는데……."

땅에 닿는 게이치로의 가죽구두 소리가 자갈길을 메우고 있었다. 내리쬐는 오후의 뙤약볕에 우리 둘의 그림자가 땅에 새겨질 정도로 짙게 드리워졌다.

"저기, 료운, 너 장 콕토라는 사람 알지? 프랑스의 시인."

"이름만 들어봤어."

"그럼 그 사람이 쓴 『백서(白書, Le Livre Blanc, 1927년 장 콕토 지음. 주인공 자신과 비슷하게, 아버지도 동성을 사랑한 사람 이야기―역주)』라는 소설 읽은 적 없겠네?"

"응, 물론 없지."

"저기, 그 안에 말이야, '만약에 아버지가 기쁨이란 걸 체험하셨더라면, 나는 불행을 모면할 수 있었을 것이다. 그랬다면, 서로에게 얼마나 다행이었을까' 라는 문장이 있어."

"응. 근데? 미안, 무슨 뜻인지 잘 모르겠어."

"으, 응. 아빠를 보고 있잖아? 그럼 가끔씩…… 괴로울 정도로 나와 닮았다는 생각이 들 때가 있어."

"괴로울 정도로? 어째서? 부자지간이잖아. 당연한 거 아니야?"

"으, 응……. 뭐 그렇긴 한데……."

게이치로의 말은 너무 추상적이어서 전혀 이해할 수가 없었다. 그 장 콕토라는 작가가 어떤 사람이고, 그 『백서』라는 책이 또 어떤 책인지 훤히 알고 있어서 아버지가 체험하

지 않은 '기쁨'이란 뭔지, '나의 불행'이란 또 어떤 건지를
다 이해할 수 있는 인간이었다면, 축 처져 있는 게이치로를
어떻게 위로해줘야 할지도 알았을 거다.

게이치로는 입을 다물어버렸다.

"저기, 그런데 요즘 후지모리한테는, 연락 좀 하니?"

갑자기 화제를 바꾸려고 했던 게 실수였던 모양이다. 게
이치로는 내 얼굴을, 기가 막힌다는 표정으로 쳐다보더니
곧 "아니, 됐다" 하며 고개를 돌렸다. 자기가 하고 싶었던
말은, 결국 하나도 전달되지 않았다고, 그의 옆모습은 내게
말하고 있었다.

11

게이치로와 헤어져 집으로 돌아와보니, 맥주상자로 만든
침대 위에서 다쿠지가 자고 있었다.

"쉬는 날 우리 집에 오면, 우리 아빠가 일 시키는 거 몰
라?"

"어? 어어. 이제 왔냐? 기다리다 지쳐 떨어졌잖아."

다쿠지는 내 베개에 침을 묻혀놨다. 무슨 이런 경우가……

"암튼, 왔어? 게이치로 기다리고 있었던 거지?"

"어어, 왔어."

"그래서, 어떻게 됐어?"

"뭐가 어떻게 돼?"

"뭐가라니, 당연히 기록 말이지."

다쿠지의 순수한 질문에, 다른 일을 생각하고 있던 나는 조금 머쓱해졌다.

"아 그거, 게이치로 최고기록 냈어. 1초 3이나 앞당겼다."

"정말? 우와, 해냈구나, 그 자식. 그놈이 제일 분발했네."

교복을 벗고 배달하기 편한 셔츠로 갈아입었다. 옷을 갈아입으면서 혼자만 아무것도 모르는 다쿠지가 게이치로의 걱정을 하면서 이렇게 오랫동안 기다리고 있었구나 생각하니, 쑥스러워 입에 담지 못할 정도로 다쿠지 녀석이 좋아졌다.

웃터

"배달은 어디까지야?"

"도자까지. 너희 어머니 가게가 있는 데야. 태워다줄까?"

"아아, 아니. 가게에는 가고 싶지 않아. 요즘 바텐던지 뭔지 하는 남자랑……, 그냥 중간에서 내려줘."

"어어, 그래."

다쿠지의 어머니는 도자에서 스낵바를 운영하고 있다. 손님이 열 명 남짓 들어가면 꽉 차는 음료와 술을 파는 작은 식당이다. 내가 다쿠지의 친구인 점도 있고 해서 다쿠지의 어머니는 우리 가게에 술을 주문한다. 가끔씩 배달을 가면 짙은 화장을 한 다쿠지의 어머니가 젊은 바텐더의 무릎 위에 앉아 있는 모습을 볼 때가 있다.

"저기, 너 진짜로 대학은 안 갈 거냐?"

헬멧을 쓰면서 다쿠지가 물었다.

"어어, 안 가. 집안일 도우려고."

"그럼, 고스케하고 게이치로만 대학생이 되는 거네?"

"그렇지. 왜, 개네들이 부럽냐?"

"어. 조금은……."

시동을 걸고 핸드브레이크를 내리자 다쿠지가 짐칸에 올라탔다. 짐칸에 걸터앉은 다쿠지가 필요 이상으로 내 등에 바싹 달라붙는다. 마루야마로 이어지는 내리막길을 브레이크도 밟지 않고 미끄러져 내려갔다. 앞서 달리는 흰색 승용차의 배기가스가 우리의 몸을 뒤덮는다. 이리저리 까불며 몸을 흔드는 다쿠지의 체온이 등을 타고 퍼져온다.

"너랑 나만 이 마을에 남게 되겠구나."

다쿠지의 목소리가 등 뒤에서 살짝 떨렸다.

"같이 여기 남아서 신나게 놀아보자고!"

내가 외친 목소리가 따뜻한 바람을 타고 뒤로 넘어갔다.

다쿠지가 대학에 가지 않는 것은 나와는 달리, 자신의 뜻이 아니다.

비굴해지지 말라고 남들은 말한다. 노력하라고 말한다. 하지만 갖은 노력을 다해서 남들과 엇비슷한 자리에 서게 돼봤자……. 예를 들어, 출발지점까지 죽기 살기로 달려가야만 하는 사람과 자동차에 편히 앉아 도착하는 사람이 있다. 달려온 사람은 헉헉거리면서 또다시 출발점부터 달려

나가야만 한다. 난 그러고 싶지 않다. 나라면 출발지점과는 다른 장소로 달려간다. 거기에 아무도 모여 있지 않다고 해도 그곳으로 달려간다. 하지만 다쿠지는 숨이 끊어질 정도로 달려가서라도 모두와 함께 출발하고 싶은 거다. 다쿠지는, 그런 놈이다.

"다쿠지! 꼭 잡아! 앞에 있는 저 차를 추월할 테니까!"

"우왓! 그만둬! 하지 마! 건너편에서 다른 차가 오잖아!"

50cc 스쿠터는 반대차선으로 튀어나가 마주 오는 차의 성난 경적소리를 뒤집어쓰면서 맹렬히 속도를 냈다. 그러자 아까 그 앞차도 지지 않으려는 듯 속도를 높였다. 스쿠터와 흰색 자동차는 나란히 서서 한참을 달렸다. 맞은편에서 달려오는 자동차와 정면으로 맞선다. 그래도 나는 스쿠터의 속도를 늦추지 않았다. 옆에 선 자동차의 운전사가 마침내 브레이크를 밟고 뒤로 빠진다. 간발의 차이로 내 스쿠터는 원래 차선으로 들어서 정면충돌을 면했다.

고교시절 마지막 여름방학이 끝나고 새 학기가 시작됐다. 기름매미 대신 애매미가 울기 시작했다. 연습은 방학기간에 비해 양은 줄고, 입수와 턴 같은 기술적인 연습이 늘었다. 여름방학 때 일어난 일이 새 학기가 됐다고 해서 뭐 하나 정리되고 마무리된 건 아니었다. 게이치로의 어머니는 그때까지도 집으로 돌아오지 않은 상태였고, 그 행방도 전혀 파악하지 못하고 있었다. 고스케는 여전히 게이치로를 호모로 여기고 있고, 그 둘의 대화는 옆에서 듣고 있기에 웃음이 날 정도로 겉돌았다.

여름방학 중에 게이치로는 후지모리하고는 만난 적이 없는 모양인지, 새 학기가 되어 복도에서 스쳐 지나간 후지모리의 몸에서는 유혹하는 것 같기도 하고, 거부하는 것 같기도 한, 뭐라 표현할 수 없는 냄새가 났다.

"료운! 빅뉴스! 빅뉴스!"

수업이 끝나고 수영장으로 이어지는 복도를 걷고 있는데 뒤에서 교코의 목소리가 들렸다.

"뭐, 뭐야? 그렇게 소릴 지르고, 애인이라도 생겼어?"

"남자친구 생긴 것 정도로 이렇게 난리칠 건 없지. 너 놀라면 안 돼, 예전부터 네가 오다쿠로 선생님한테 부탁한 거, 그거 OK 결정 났대. 아까 선생님이……."

"부탁한 거라니? 그럼 혹시?"

"그래. 쇼고도 대회에 나가도 좋다고 선생님이 허락하셨어."

"정말이야? 좋아, 좋아, 좋았어! 그럼 이것으로 모두 대회에 나가게 되는 거네?"

"그래. 우리 모두 다 같이!"

두 번, 세 번, 연거푸 운동부 총 지도교사인 오다쿠로 선생님한테 부탁했었다. 우리 학교 수영부는 비교적 부원 수가 적기 때문에 한 종목당 네 명까지 출전할 수 있는 대회에는 전원이 나갈 수 있다. 하지만, 완주를 하지 못하는 선수를 출장시킨다는 것에는 선생님이 마지막까지 반대했었다.

하지만 비록 쇼고가 끝까지 완주하지 못하더라도, 우리 모두는 쇼고의 출전을 마음으로 기뻐해줄 만큼의 끈끈함을 가지고 있다고 난 믿고 있었다. 사실 오늘 연습에서 최종 엔트리 발표를 해야 했기 때문에, 혼자만 출장하지 못하는 쇼고 앞에서 어떤 표정을 지어야 할지 고민하고 있던 참이었다. 바로 그때 이런 소식을 들은 것이다. 새끼돼지라도 앞에 있으면 끝까지 쫓아가 안아주고 싶은 기분이었다.

수영장에 도착했더니 어디서 소식이 샜는지, 쇼고의 이야기로 이미 떠들썩했다.

"어이! 료운, 쇼고가 나갈 수 있다는 게 정말이야?"

고스케가 수영장 건너편에서 소리쳤다. 그 외침을 뒤로 밀치듯이 부원들이 일제히 이쪽으로 달려왔다. 그 무리의 맨 뒤에서 아이들의 등에 가려 보일랑 말랑, 쇼고가 불안한 눈빛으로 나를 보고 있다.

"쇼고도 나갈 수 있는 거야?"

일착으로 달려온 다쿠지가 다그치듯 물었다. 아이들은

모두 입을 다물고 마른침을 꼴딱 삼키면서 내 입을 빤히 지켜보고 있었다. 아이들 뒤에서 말없이 쳐다보고 있는 쇼고를 향해 나는 빙긋 미소 지었다.

"우와앗!"

파도 같은 함성이 일고 모두의 시선은 일제히 쇼고에게로 향했다. 쇼고가 쭈뼛대면서 "하, 하지만, 끝까지 내가 해낼 수 있을까?" 했을 때는 이미, 쇼고의 몸뚱이가 아이들의 손에 떠받쳐져 비명을 지를 새도 없이 물속으로 내동댕이쳐졌다. 쇼고는 그때까지도 교복 차림이었다.

13

7천 미터 수영을 끝내고 수영장을 나올 때는 이미 7시가 넘은 시각이었다. 새 학기가 시작된 후부터 눈에 띄게 해 떨어지는 시간이 빨라졌다. 서쪽 하늘을 뚝 잘라낸 것처럼 비행기구름이 뻗쳐 있었다. 철조망 너머로는 빨갛게 물든 낙엽 닮은 거리가 보이고, 멀리서 까마귀 울음소리가 들린다.

수영장 옆 콘크리트 울타리도, 학교 건물의 벽도 철망도 그리고 정렬한 부원들의 젖은 몸도 모두 모닥불 빛으로 물들어 있었다. 나는 산뜻한 기분으로 대회의 라인업을 발표했다.

"그럼, 마지막 종목인 릴레이는, 배영에 다쿠지, 평영에 게이치로, 접영에 고스케, 그리고 자유형에 나. 아무튼 전원이 출전하게 됐으니까, 우리 모두 힘내는 거다! 알았나!"

"네에!"

오랜만에 전원이 둥지속의 아기 새들처럼 입을 모아 힘차게 대답했다. 그날 모두들 집으로 돌아간 다음, 교코와 둘이서 부실에 남아 꼼꼼하게 한 글자 한 글자 정성들여, 라고 하면 너무 거창한 것 같지만, 진지하게 대회에 나갈 엔트리표에 부원들의 이름과 최고기록을 써 넣었다.

여자선수들 명단을 다 쓴 교코가 뜬금없이 "근데, 정말이지 료운, 너랑 수영부 주장을 하게 돼서…… 다행이야"라고 혼잣말하듯 말했다. 나는 괜히 쑥스러워서 뭐라고 대꾸도 제대로 못하고 어색하게 틈만 벌려놨다. 끝없이 늘어지려는 그 침묵에 교코가 당황스러워하며, "차, 착각하진 마!"
하고 내 등을 힘껏 때려주었기에 망정이지, 아슬아슬하게
교코의 볼에 뽀뽀를 할 뻔했다.

부실을 나서자, 수영장 입구에 웬일인지 후지모리가 혼
자 서 있었다.

"후지모리! 게이치로는 벌써 집에 갔는데."

교코가 그렇게 말하면서 후지모리에게 달려가 뭔가 이야
기를 나누었다. 부실 열쇠를 채우고 있는데 "그럼, 나 먼저
갈게" 하는 교코의 목소리가 등 뒤에서 났다. 돌아다보았을
때는 이미 그 자리에 후지모리의 모습밖에 없었다. 열쇠를
흔들면서 후지모리가 있는 곳까지 갔더니 "미안해, 또 너한
테 할 얘기가 있어서 왔어" 하고 고개를 숙인 채 후지모리
가 말했다. 아마도 이것이 여자의 냄새일 거다. 후지모리의
머리카락에서는 이번에도 역시 유혹하는 것 같기도 하고,
거부하는 것 같기도 한, 그런 묘한 냄새가 났다.

"그럼, 이 열쇠 교무실에 갖다두고 올 테니까, 조금만 기
다려."

"응. 저기…… 그럼, 버스 정류장에 있을게."

"금방 갈게."

초강력 스피드로 달려 버스 정류장에 도착하자 후지모리는 혼자서 벤치에 앉아 있었다. 가방을 무릎 위에 얌전히 놓고 그것을 살짝 누르듯이 흰 손가락 열 개가 얹혀 있다.

석양은 이미 이나사 산과 밤하늘에 흐트러져 주위는 어둑어둑했다.

"역시, 이 시간이 되니까 아무도 없네."

가능한 한 자연스럽게 보이려고 후지모리 옆에 가 앉았다.

"모두들 벌써 다 돌아갔겠지."

"후지모리네 집은 하루미다이 방향이지? 데려다줄게."

"아니, 그냥……"

"아, 아아, 그냥 버스 안에서 얘기하는 편이 경치도 구경하면서 이야기하기 쉽잖아?"

"……"

"뭐, 아닌가?"

후지모리가 그제야 살짝 웃음을 지었다. 마침 하루미다 이행 버스가 왔다. 차 안에는 승객이 아무도 없어 우리들은 맨 뒷좌석에 나란히 앉았다. 문을 닫을 때 나는 철커덕하는 소리가 에어컨으로 냉랭해진 차 안에 울린다.

"드디어 다음 주에 대회네? 응원하러 갈게."

"어? 정말? 정말로 와줄 거야?"

"물론이지."

기다렸단 듯이 좋아한 내 자신이 조금 민망했다. 후지모리가 누구를 응원하러 오는지 착각하고 있었다. 버스는 정해진 정류장에 꼬박꼬박 섰지만, 아무도 올라타는 사람은 없었다. 거의 우리 학교 학생들을 위한 전용 버스 노선이기 때문에 이렇게 늦은 시간에는 한산할 수밖에 없지만, 어쨌거나 이 침묵을 깨주는 건 하나도 없다. 차 안을 비추는 희끄무레한 형광등이 가끔씩 깜빡깜빡 흔들린다.

"나, 여름방학 내내, 쓸쓸했었어."

쭉 밑을 향하고 있던 후지모리가 불쑥 이야기를 꺼냈다.

웃터

"결국, 게이치로는 한 번도 연락을 하지 않았어. 이젠 나에 대해……."

"……."

"미안해. 이런 얘기할 수 있는 건, 너밖에 없거든. 다른 누구한테도 얘기할 수 없어서……."

"아니, 그런 건 신경 쓰지 않아도 돼. 그런데……."

목구멍까지 밀려나와 있던 말을 꺼내야 할지 어떨지 고민이 됐다. 실은 게이치로의 어머니가 집을 나가서 게이치로도 지금 굉장히 힘들어한다고 한 마디만 해준다면, 후지모리의 슬픔이 덜어진다는 걸 알고 있었지만, 그 한 마디 꺼낼 용기가 안 난다.

"나 말이야, 도대체 내가 왜 이렇게 괴로워하는지도 잘 모르겠어."

뭐라 대답을 해주면 좋을지 도무지 떠오르지가 않는다. 내 베스트프렌드에 대해 고민을 털어놓으러 온 여자에게 혼자만 떠들게 하고 있는 이 숙맥 같은 나, 정말이지 내가 생각해도 답이 안 나온다. 후지모리는 버스에 흔들리면서 울고 있었다.

이것이 정녕, 게이치로가 불결하다고 말했던 섹스를 하고 싶어 안달하는 여자란 말인가?

결국, 하루미다이 입구에 도착할 때까지 우리들은 그저 버스에 몸을 뒤척거리고 있기만 했다. 종점에 거의 다다랐을 즈음 후지모리가 말했다.

"하지만 나, 료운한테 이렇게 얘기를 하고 나니까 좀 기분이 개운해진 거 같아. 가끔씩, 이런 생각할 때가 있어. 음, 한밤중에 게이치로를 생각하다가 우울해지면, 늘 료운의 얼굴이 떠올라. 그래서 너한테는 성가신 일일지도 모르는데, 또 료운을 찾아가서 얘기해 봐야겠다고 생각하면 조금씩 마음이 안정되거든. 왠지, 너한테 상담을 하기 위해서 이렇게 고민하고 있는 건 아닌가 하는 생각도 들어. 나 좀 이상하지?"

"고민거리가 아니더라도, 언제든지 네 이야기라면 들어줄게."

그제서 고개를 든 후지모리가 어렴풋이 미소를 지으면서 "고마워"라고 했다.

나는 가방 위에 놓인 후지모리의 하얀 손을 잡고 싶어 조바심이 났다. 그러면 게이치로를 배신하는 일, 이라는 생각 따윈 유감스럽게도 전혀 없었다.

"다음은 종점인 하루미다이."

안내방송이 나왔을 때, 드디어 후지모리의 흰 손을 꼭 감싸 쥐었다. 후지모리는 아무 말 없이, 그저 가만히 제 손 위로 겹쳐진 내 까무잡잡한 손가락을 바라보고 있었다. 무슨 말이든 해야 한다는 생각에 마음이 초조했지만, 초조하면 할수록 아무것도 떠오르지 않고 머릿속은 뿌예지기만 했다. 창밖으로 정류장 푯말이 보이고 속도를 늦춘 버스가 천천히 미끄러져 들어갔다. 철커덕 소리와 함께 문이 열렸다.

"다, 다음에 또…… 데려다줘도 될까?"

손을 잘라내버리는 심정으로, 쥐고 있던 후지모리의 손을 놓았다. 일어난 후지모리는 아무 대답도 해주지 않았다. 우리들이 버스에서 내려서자마자 운전사 아저씨도 따라내려 자판기 있는 곳으로 담배를 사러 뛰어갔다.

후지모리의 뒷모습을 배웅하면서 내가 도대체 지금 무슨 말을 해버린 건가 싶어, 안절부절못하고 있었다. 그때 갑자기 뒤를 돌아다본 후지모리가 "료운! 고마워!" 하고 소리쳤다.

나는 정신없이 손을 흔들어댔다. 내가 그 순간 후지모리에게 해줄 수 있는 거라고는 그게 다였다. 버스에 오르기 전에 얘기하려고 했던 것의 10분의 1도 하지 못했다. 쭈뼛쭈뼛 우물거리기 대회가 있다면, 난 전국대회 감이다. 운전사 아저씨가 돌아와 벤치 앞에서 어정거리고 있는 내게 "이제 버스는 없네, 이게 마지막 버스야"라고 가르쳐주었다. 아저씨는 담뱃불을 붙이면서 옆에 앉으며 말했다.

"주오바시에 있는 차고까지라면 내가 태워다주지. 자, 빨리 올라타라고."

시무룩한 얼굴로 버스에 오르자, "차였냐?" 하고 아저씨가 말을 걸었다. 나는 대꾸도 하지 않고 운전석 뒷자리에 앉았다. 시커먼 도로에 덩그러니 희미한 빛을 내는 버스 안에서 가만히 내 손을 내려다보고 있었다.

운전석으로 되돌아온 아저씨가 시동을 걸면서, "이봐, 학생. 지금부터 10년 후에 자네가 돌아오고 싶어할 자리는 분명 이 버스 안일 거야. 잘 한번 둘러보고 외워두라고. 자넨 지금, 먼 훗날 자신이 돌아오고 싶어할 장소에 있는 거야"라고 알 수 없는 말을 했다.

주오바시에서 버스를 내려 나카지마 강변을 따라 오하토 방면으로 걸어갈 참이었다. 별 생각 없이 육교를 올려다봤는데, 거기에 바로 게이치로의 어머니가 천천히 걸어가고 있었다. 재빨리 건널목을 건너고 계단을 뛰어올라갔다. 아주머니는 이미 반대편으로 내려가고 있는 중이었다. 뛰어올라간 육교 위는 파친코의 네온사인으로 핑크빛이었다.

육교 위에서 아주머니를 불러볼까 했다. 하지만 그때 퍼뜩 구로키 선생님의 말이 머리를 스쳤다.

"고맙지만, 료운한테는 무리야. 아무것도 해줄 게 없을 거 같아."

결국 나는 아주머니를 부르지 못한 채 계단을 내려가, 앞 치마를 두르지 않은 아주머니의 뒤를 몇 미터 사이를 두고, 발자국을 그대로 따라 밟듯이 뒤따라갔다. 아주머니는 뒤 도 돌아다보지 않고 한발 한발 열심히 걷고 있는 것 같았다. 뒤에서 바라보는 아주머니의 등은 여리고 작아서 들고 가는 종이봉투가 너무 무거워 보였다. 현청으로 이어지는 언덕 길에서 오른쪽으로 꺾어진 아주머니는 시장 안으로 들어갔 다. 생선가게, 야채가게, 정육점 앞에서 꽤 긴 시간 멈춰 섰 다가 결국 아무것도 사지 않고 시장을 나왔다. 30분 이상 뒤를 쫓은 것 같다. 아주머니가 현관 앞에 바구니가 놓여 있 는 비즈니스호텔로 들어가려고 할 때 다시 한 번 불러볼까 도 했지만, 그런 다음엔 뭐라고 해야 할지 아무 말도 떠오르 지 않았다.

나는 버스 정류장으로 돌아왔다. 아주머니를 그냥 버려 둔 것 같은 느낌이 들어 구로키 선생님의 말이 오히려 원망 스러웠다. 아주머니에게 했어야 할 말이 가슴 언저리에 응 어리져, 목구멍으로 손을 집어넣어 피가 날 때까지 헤집어

꺼내고 싶었다. 버스 정류장에는 나 말고, 헌팅캡을 쓴 아저씨가 한 명 더 있었다. 나도 내가 뭘 원하고 있는지 잘 모르겠지만, "안녕하세요"란 말이 튀어나왔다. 아저씨는 순간, 경계하는 눈빛으로 이쪽을 보다가 마침 잘됐다 싶었는지, "학생, 다가미로 가는 버스는 얼마나 더 기다려야 하지?" 하면서 시간표를 손가락으로 가리켰다.

"어, 잠깐만요."

"안경을 두고 와서……."

"앞으로 15분 뒤예요."

"앞으로 15분이나? 아이고, 그럼 서서 기다리기는 힘들겠네."

아저씨는 뒤에 있는 벤치에 걸터앉아 모자를 벗고 머리를 긁적였다. 시간표에서 내가 탈 버스도 확인해보니, 우연찮게도 아저씨가 탈 버스와 같은 시간에 도착하는 걸로 되어 있다. 어느 쪽이 먼저 올까 생각하다, 만약 내가 탈 버스가 먼저 오면, 아주머니가 있는 곳을 게이치로에게 가르쳐주기로 맘먹었다.

윈터

"학생은 운동분가?"

아저씨는 벤치에서 담배를 꺼내 피고 있었다.

"수영부예요."

"오, 수영……. 내가 그 나이 땐 네즈미지마에서 훈도시(남성의 음부만 가리는 가느다란 천, 허리띠—역주)만 하고 수영을 했는데, 지금은 그리 못할 거야. 바다도 오염이 됐으니……."

아저씨가 말을 걸어준 게 이상하게도 기분이 좋아서 나도 그 옆에 가 앉았는데, 아저씨는 좀 귀찮았는지 살짝 엉덩이를 비켜 앉았다. 그래도 나는 시큰둥하게 "어어, 음" 하고만 대답하는 아저씨를 상대로 내가 현립고등학교 수영부 주장이고, 자유형이 주종목이며, 올 들어 기록이 몇 초 빨라졌다는 얘길 주절거렸다.

"바다랑은 달라서 수영장 안의 물은 금세 더러워져요. 체육시간에 수영 수업이 있잖아요? 그럼, 하루에도 몇백 명이나 되는 아이들이 들어갈 거 아니에요? 방과 후에 연습을 하러 가면 물위로 기름이 둥둥 뜨고, 깊은 곳까지 아주 탁해

져 있어요. 머리에 무스를 바른 채 뛰어드는 바보 같은 놈도
있고……."

"무스가 뭐냐?"

"머리에 바르는…… 저기, 포마드 비슷한 거예요."

"지금 몇 분이나 됐나?"

"아, 이제 곧 올 거예요."

그때 막 경적 소리를 울리면서 아저씨가 탈 버스가 모습
을 드러냈다. 나는 게이치로한테 아주머니가 있는 장소를
말하지 않기로 했다. 벤치에서 일어난 아저씨에게 "수영장
안의 물을 전부 새로 바꾸려면 며칠이나 걸리는지 아세요?"
하고 물었다. 아저씨는 모른다며 버스에 올라탔다. 나는 벤
치에 그대로 앉아서 기름이 뜬 수면이 내려앉고, 탁한 물이
소용돌이를 치며 쏴아 쏴아 배수구로 빨려 들어가는 모습을
상상하고 있었다.

읽터

14

    대회 사흘 전, 갑자기 불안해졌다. 불안해졌다기보다 뭘 하고 뭘 보든, 조바심이 났다. 예를 들면, 부원들의 집합시간이 늦어진다든가, 연습 중에 잡담소리가 들린다든가, 지금까지는 별로 신경도 쓰지 않던 그런 일들이 하나하나 몹시 거슬려서, 마치 우매한 군중 앞에서 필사적으로 혁명을 외치는 지도자처럼 혼자 눈꼴시게 유난을 떨었다.

    부원들은 그런 주장을 완전히 무시하고 지금까지 해왔던 대로 행동했다. 태평한 후배들은 긁어 부스럼 만들지 말자 싶었는지, 내 앞에는 아예 얼씬도 하지 않는다. 고스케나 게이치로, 그리고 다쿠지도 나의 짜증을 신경 쓸 겨를 같은 건 없는 듯 보였고, 늦게까지 턴과 입수 연습을 하며 나름대로 막바지 연습에 열을 내고 있었다.

    결국 내가 미처 깨닫지 못했을 뿐, 수영부 내의 긴장감은 최고조에 달해 있었던 것이다. 단지 분위기를 띄우는 방식이 달랐던 거지, 우리 모두의 머릿속엔 삼 일 뒤에 치뤄질 대회의 전광판밖에 없었다. 아침에 눈을 떠 밤에 잠들 때까지 단 1초라도 물살을 가르는 모습을 상상하지 않는 순간은 없었다. 우리들은 삼 일 앞으로 다가온 본 대회를 향해 몸과 마음을 다해 달려나가고 있었던 것이다.

대회 전날 밤, 배달을 마치고 아버지와 둘이서 저녁을 먹고 있는데 아버지가 힘없는 목소리로 "이제 틀렸나 보다" 하고 한 마디 흘렸다. 나는 그저 예, 라고 할 수밖에 없었다. 아버지가 무슨 말을 하려고 했는지 이미 알고 있었다.

"이제 가게에 나오게 할 수도 없겠어."

오늘 오후, 어떤 손님이 가게를 보고 있던 어머니에게 "아드님 일은 참 안됐습니다" 하고 말을 한 모양이다. 멍하니 쳐다보던 어머니에게 그 손님은 계속해서 "오토바이 사고로 세상을 뜨다니요" 하고 말했다. 어머니는 근처에 있던 빗자루를 들어 그 손님의 몸을 멍이 들 정도로 마구 때린 모양이다. 다행히 그 손님이 사람이 좋아, 그냥 없었던 일로

해주었지만, 기겁을 한 아버지는 그 길로 어머니를 2층 방에 감금시켰다. 어머니는 지금도 자물쇠가 채워진 방에서 가끔씩 큰 소리로 울부짖고 있다. 아버지는 어머니를 병원에 입원시키기로 결심하신 거다.

"드디어 내일부터냐?"

아버지는 화제를 바꾸고 싶었는지 슬쩍 물었다.

"유다이도 전날 밤엔 너처럼 안절부절못했지."

"네? 형도요?"

"어어, 유다이도 너랑 똑같았어. 어떡하면 긴장을 하지 않을 수 있냐고 묻곤 했다."

"그래서 아버지는 뭐라고 하셨는데요?"

"응, 그래, 대회장에 들어설 때, 가슴을 쫙 펴고 들어가라고 했지. 주장이면, 대회장 문을 들어서기 전에 부원들을 전부 정렬시키고 일렬로 세운 다음 당당하게 가슴을 펴고 입장시키라고 했던 기억이 난다. 시합에 대해선 신경 쓰지 말고, 나올 때도 들어갈 때와 마찬가지로 가슴을 펴고 문을 나서는 모습을 상상하면서 입장하라고."

나는 잠자코 아버지의 말을 듣고 있었다. 내 이름은 료운(凌雲), 구름을 뛰어넘는다는 뜻이다. 내게는 뛰어넘어야 할 구름이 있다. 여름 창공에 뜬 유다이 구름, 자부심으로 뭉친 뉴도(入道雲 : 거센 비구름, 아버지의 이름으로 추정됨— 역주) 구름을.

설거지를 하고 2층으로 올라갔다. 자물쇠를 따고 살짝 문을 열었다. 바닥에 깐 이부자리 속에서 어머니의 흐트러진 머리카락만 살짝 엿보였다. 이불을 뒤집어쓴 채 어머니는 계속 중얼거리고 있다.

"그 바보가, 유다이가 죽었다잖아. 내가 빗자루로 때려줬지. 그 바보가, 유다이가 죽었다고 했다니까. 얼마나 기가 막혀. 남의 아들을 멋대로 죽었다고 생각하다니……."

이불 속을 맴도는 어머니의 소리를 들으면서 다시 문을 닫고, 떨리는 손으로 자물쇠를 채웠다. 그러고 나서 속으로 말했다.

'내일부터 시합이야, 열심히 할게.'

15

대회 첫날. 쏟아지는 햇빛만 여름옷을 입었지, 땀과 바람 한테서는 가을 냄새가 났다. 수영 경기는 나흘에 걸쳐 진행된다. 처음 이틀은 남녀 예선이 치러지고 사흘째는 여자부 결승, 그리고 마지막 날, 울게 되던 웃게 되던 운명의 경기, 남자부 결승이 있다.

전세 버스가 대회장에 도착하고 나서, 나는 부원들 전원을 집합시켰다. 똑같은 짙은 청색 트레이닝복을 입은 부원들의 긴장한 얼굴이 일렬로 늘어섰다.

"준비됐나. 지금부터 일렬로 줄을 맞춰 대회장 안으로 행진한다!"

"넷? 행진이요? 우습게 무슨……."

"조용히! 무조건 일렬로 행진하면서 들어간다! 모두들 가슴을 쭉 펴고 걸어라! 그리고 각자 이 대회장을 나설 때의 모습을 상상하면서 걷는다! 알겠나! 대회장을 나설 때도 당당히 가슴을 펴고 걸어 나올 자신의 모습을 상상하면서 걷는 거야, 알겠지!"

"네!"

방망이질하는 고동을 필사적으로 억누르면서 부원들의 선두에 가 섰다. 뒤에 선 고스케가 "그거 뭔 주문이냐?"며 놀리는 소리를 무시하고 가슴을 뒤로 바짝 젖히고서 걷기 시작했다.

한 명씩 따로따로 입장하는 다른 학교 선수들이, 가던 길을 멈추고 우리의 행진을 바라보고 있다. 손가락질을 하며 웃는 녀석들이 있는가 하면, 노골적으로 눈을 깔고 보는 녀석도 있다. 뒤따르는 부원들이 걱정이 되어 돌아다봤지만, 모두들 그런 야유나 시선에 주눅 드는 기미가 전혀 없었다. 교코도 고스케도 다쿠지도 게이치로도 그리고 그 뒤를 죽 따라오는 후배들도 모두 자신만만한 표정으로 가슴을 펴고 걸었다.

앗터

16

100미터 접영에 출장한 미호가 영법위반으로 실격당한 것을 제외하면 여자부 예선은 아주 순조롭게 진행됐다. 그 중에서도 특히 교코가 예선을 1위로 통과했다. 예선부터 4백 미터 자유형에 전력을 다하는 선수는 별로 없지만, 처음부터 끝까지 선두자리를 지켜낸 교코를 응원하면서 나는 몸이 달아오르기 시작했다.

대회 첫날 여자부 예선이 끝난 시점에서 우리 부의 사기는 하늘에 걸린 무지개 마냥 껑충 치솟았다. 둘째 날 남자부 예선이 열려 고스케와 다쿠지, 게이치로 모두 순조롭게 결승에 올랐다. 유감스럽게도 그들과 같은 종목에 나선 후배들은 아무도 결승에 오르지 못했지만, 모두들 자기 최고기록을 달성했다.

둘째 날 마지막 종목, 100미터 자유형 예선이 시작됐다. 이 종목에 참가한 것은 나와 2학년인 하라다, 그리고 1학년 쇼고 세 명이다. 등록한 기록이 빠른 순서부터 조를 나눠 진행되는 예선에서, 나와 쇼고가 같은 세 번째 레이스에 출전하게 됐다.

"료운 선배, 안 되겠어요. 역시 난 안 되겠어. 절대로 끝까지 들어오지 못할 거야."

레이스를 기다리는 텐트 안에서 옆에 앉은 쇼고가 부들부들 떨고 있었다. 나는 그때, 방금 전 레이스를 마친 성 마리안느의 다시마가 올린 기록이 신경 쓰여 잡아먹을 듯이 전광판 표시를 지켜보고 있었다.

"료운 선배, 아무래도 포기하는 게……."

"자, 잠깐! 조용히 해!"

56초 76, 성 마리안느의 다시마는 예선에서 57초대를 깼다. 응원석의 함성이 갑자기 커졌다. 그것은 두 번째 레이스에 출전할 하라다를 응원하는 우리 부원들의 응원소리였다. 다른 학교에 비해 부원들 수가 적음에도 불구하고 응원소리만큼은 민망할 정도로 컸다. 작년까지 해온 정해진 응원구호가 아니라, 무조건 있는 힘껏 소리를 지르기로 한 것이 이런 효과를 가져온 거라 생각한다. 하라다가 두 손을 흔들며 응원에 답례하는 뒷모습이 보인다. 출발대에 선 다른 선수들의 지나치리만큼 진지한 분위기 속에서 하라다의 건들거리는 태도가 한층 더 눈에 띈다.

"하라다! 공중제비!"

텐트 안에서 내가 큰 소리로 외치자, 뒤를 돌아다본 하라다가 빙긋 웃더니 출발대 위에서 공중으로 한 바퀴 돌아 수영장 안으로 떨어졌다. 관중석에서는 웃음소리가 터져 나왔다. 곧바로 달려온 진행요원한테 하라다는 엄중한 경고를 듣고 있는 것 같았다. 큰 소리를 낸 내게도 또 다른 감시원이 다가와 주의를 줬다.

"죄송합니다. 설마 정말로 할 줄은 몰랐어요."

주의를 듣고 있는 나를 보면서 옆에서 쇼고가 새어나오는 웃음을 애써 참고 있었다.

"쇼고, 오늘 밤까지는 100미터 완주해서 들어와라. 내일까지는 못 기다려줘."

"나 혼자만 그렇게 늦으면 사람들한테 웃음거리가 될 텐데……."

"괜찮아, 괜찮아. 네가 골에 들어올 때쯤이면 모두 집에 가고 없을 거야."

"에이, 조금이라도 힘나는 말 좀 해주지……."

수영장에서는 하라다가 수영을 끝낸 모양이었다. 텐트에서는 수영장 안의 모습이 보이지 않는다. 전광판에 표시된 하라다의 기록을 보니, 안됐지만 결승에는 오르지 못할 것 같았다.

"자아! 세 번째 레이스 선수는 자기 위치로!"

안내방송 소리에 나와 쇼고는 힘차게 일어났다. 다른 선수들과 나란히 출발대로 향할 때 수영을 끝내고 텐트로 돌아와 있던 성 마리안느의 다시마가 열심히 하라고 말을 걸었다. 나는 한 손을 들어 답해주었다.

선수 소개가 끝나고 출발대에 섰다. 아직 예선전인 만큼 그렇게 긴장되진 않았다. 그보다 1번 레인에 서 있는 쇼고가 약간 걱정됐다. 출발대에서 내려다보는 수영장 안의 모습은 그야말로 일품이다. 바람이 만든 잔물결이 태양빛을

되쏘아댄다. 나는 수영장이 좋다. 아마 바다보다 더 좋아하는 것 같다. 수영장에는 바다가 갖고 있는 야성이라든가, 거친 정서가 없다. 한 마디로 말하면, 수영장은 남자답지 않다. 그리고 무엇보다 억지로 뭔가를 강요하지 않는다. 청결하고, 담백하고, 그리고 위험이 없는 수영장이 나한테는 맞는 것 같다.

휘슬이 울렸다. 출발대에 서면 가끔 이런 생각을 한다.

'무슨 일이든 그렇지만, 뭔가를 시작할 때의 내가……'

"제자리로! 준비!"

'뭔가를 시작할 때의 내가 가장 겁쟁이고, 그리고 가장 용감하다.'

"출발!"

첫 스타트를 끊고 물속으로 날아들었다. 손바닥이 물을 움켜쥐는 확실한 느낌이 온다. 내 몸이 물을 타고 있는 생생한 감이 든다.

50미터 턴을 하면서 힘이 넘치는 걸 느꼈다. 내가 제일 앞서 헤엄치고 있는 건 분명했다.

힘이 넘쳐 지금이라도 몸이 수면 위로 날아오를 듯한 느낌마저 든다. 벽을 뚫어버릴 기세로 피니쉬를 하고 뒤돌아 전광판을 보니 제일 위에 내 기록이 있었다.

관중석에서 일제히 함성이 쏟아졌다. 56초 99.

드디어 나는 57초대의 벽을 뚫었다. 성 마리안느의 다시마 기록에는 못 미치지만, 예선을 2위로 통과하게 됐다. 바로 그때 관중석에서 함성이 웃음소리로 바뀌었다. 순간, 쇼고의 레인으로 고개가 돌아갔다. 그제야 겨우 턴을 한 쇼고가 거의 가라앉는 폼으로 헤엄치고 있는 게 보였다. 나는 급히 물에서 나와 쇼고의 레인 쪽으로 달려갔다.

"수영을 마친 사람은 텐트로 돌아가시오!"

주위를 주는 진행요원의 손을 뿌리치고 큰 소리로 쇼고에게 외쳤다.

"쇼고! 힘내라! 여기까지 와!"

와라, 이리 와, 여기까지 와. 여기까지만 오면, 내가 끌어 올려줄게. 너를 비웃는 사람이 있으면 내가 한 명도 빠짐없이 걷어차줄 거야. 어서 와! 힘내, 여기까지!

얼굴의 각도가 점점 하늘을 향해 선다. 손과 발의 움직임이 균형을 잃었다. 물속에서 허우적거리는 쇼고의 몸은 바로 앞까지 왔다. 바로 앞까지…….

관중석에서의 웃음소리가 침묵으로 바뀌었다. 내 손을 잡아끌던 진행요원의 손에 힘이 들어가는 게 느껴졌다. 물에서 내미는 쇼고의 얼굴이, 고통과 희망으로 흐물흐물 일그러져 있다. 앞으로 10미터. 나는 눈을 감았다.

관중석에서 가을바람 닮은 박수소리가 들려온다. 천천히 눈을 뜨고 수영장 안을 들여다보니 쇼고의 얼굴이 있었다. 태어나 처음으로 100미터를 완주한 아이의 얼굴이, 거기 있었다.

숨도 못 쉴 정도로 힘이 들겠지, 소리 없이 '료운 선배' 하고 입술이 움직였다. 신음처럼 "끝까지 왔어요"라고 쇼고가 말했다.

설마 내가 울겠냐 싶었지만, 흐르는 눈물을 어쩔 수는 없었다.

17

삼일째 대회가 끝났다. 교코는 역시 결승에 가서는 차례 차례 추월당하더니 결국 6위로 들어왔다. 200미터 결승에 올라간 미호는 명예회복을 다짐한 것 마냥 자기기록을 앞당기며 준우승을 차지했다. 여자부 릴레이도 3위로 입상하여 결과적으로 여자 종합 순위 3위라는 영광을 안았다. 돌아오는 길에 모두 둥근 원을 그리며 둘러섰을 때 고등학교 시절, 아니 생애 마지막 시합을 가진 교코가 인사말을 했다.

"여러분 모두에게 진심으로 감사합니다. 내가 이 대회에서 가장 기뻤던 것은 우리가 3위에 입상한 것이 아니라, 다른 학교 선수가 우리 학교 응원이 부러웠다고 하는 말을 들었을 때입니다. 아무런 형식도 없는, 전혀 질서도 잡히지 않은 우리 학교 수영부의 응원이 가장 큰 소리를 내서, 가장…… 정말로, 최선을 다해 응원해준 데 진심으로 감사합니다."

교코가 거기서 결국 울음을 터뜨렸다. 후배 여자 부원들이 "선배, 선배" 하면서 위로를 하고, 그럴 만한 재주도 없어 멀거니 서 있던 남자 부원들 가운데서도 교코의 눈물 연설에 눈시울을 적시는 아이가 있었다.

교코의 눈물을 본 고스케가 "찔러도 피 한 방울 안 나올 줄 알았더니……" 하면서도 주저앉은 교코를 다시 일으켜 세워주었다. 마지막으로 교코가 크게 말했다.

"아무튼 내일은 남자부 결승이 있는 날이다. 목이 쉴 때까지 응원을 해주자! 남자부 릴레이가 전국대회에 나갈 수 있도록, 목에서 피가 나올 때까지 응원하자! 모두들 알겠지!"

"네엣!"

18

대회 마지막 날 아침, 나는 새벽 5시에 눈을 떴다. 아직 좀더 자야 한다는 생각에 잠을 청하려고 애써 봤지만, 조금도 잠이 오지 않았다. 슬금슬금 침대를 빠져나와 아직 잠들어 있을 부모님이 깨지 않도록 부엌으로 가 물을 마셨다.

투명한 유리잔에 담긴 물이 커튼 사이로 들어온 햇살을 받아 반짝인다. 목을 따라 내려가는 물이 상쾌하고, 청량해서 연거푸 두 잔을 들이켰다. 방으로 돌아와 형의 책상 앞에 앉았다. 그리고 성서라고도 부르는 형의 일기를 펼쳤다. 3년 전, 형이 쓴 대회 마지막 날 페이지를 펴서 읽었다.

'아침 일찍 눈이 떠졌다. 오늘이 마지막 시합인데 신기하게도 마음이 편안하다. 아침부터 책상 앞에 앉아 이 일기를 쓰고 있다. 료운은 아직 내 앞에서 자고 있다. 오늘은 응원하러 가겠다고 큰소리쳤지만, 과연 이 녀석이 일어날 수 있을까? 료운의 잠든 얼굴을 보면서 지금 막 떠오른 생각이지만, 정말로 그렇게 소중한 일일까? 이 대회에서 승리하는 것이 정말로 그렇게 중요한 일일까? 몸을 가눌 수 없을 정도로 수영을 하고, 울고 싶을 만큼 기록에 집착하면서 무슨 일을 하든지 간에 나의 기록과 수영부 일이 머리에서 떠나지 않았다. 일 년 동안 필사적으로 해왔던 이 일이, 정말로 그렇게 소중한 일이었을까?

　그러나 어찌 됐든 오늘이 마지막이다. 주장으로서 마지막 날이기도 하고 수영부에 몸담는 나의 마지막 날이기도 하다. 내가 전력을 다해온 일이 소중한 일이었는지, 아니면 그렇지 않았는지는, 아마도 오늘 수영이 끝난 그 순간 분명해질 것 같다. 그리고 일 년 후, 오 년 후, 또 십 년이 지난 후에 오늘 일이 얼마나 소중한 일이었었는지 알 수 있을 것 같은 느낌이 든다.

　아마 앞으로의 내 인생은, 무엇을 갖고 임하는지로 결정날 거라 생각한다. 어떤 추억을 갖고 갈 것이냐, 하는 것으로 내 인생은 결정날 것이다.

　어쩌면 오늘 수영을 끝낸 그 순간이, 내 생애 최고의 순간이 될지도 모른다. 인생은 길지만, 최고의 순간이란 건, 이렇게나 빨리 찾아오는 것이다. 하지만 비록 그렇더라도, 최고기록이란 것은 깨지기 위해 있는 것이다.'

대회 마지막 날, 정오를 넘긴 시각, 대부분의 종목이 끝나가고 있었다. 오전 중에 있었던 100미터 배영에서 다쿠지가 자기 최고기록을 내며 3위에 입상했다. 만약 이 기록이 마지막 릴레이에서도 나온다면 우리들은 우승할 수 있을지도 모른다. 그리고 네 명이서 함께 전국대회에 나갈 수도 있다. 게이치로와 고스케는 최고기록은 내지 못했지만 무사히 3위와 2위로 수상대에 올랐다. 100미터 자유형 결승을 앞에 두고 쇼고가 내가 있는 곳으로 달려왔다.

"료운 선배! 저기요, 성 마리안느의 다시마라는 사람의 팔 길이를 재 봤더니 료운 선배보다 3센티 짧았어요! 그 말은 둘이 나란히 수영하면 3센티만큼 선배가 먼저 골인한다는 말이잖아요!"

"하하, 쇼고. 그렇게 간단한 문제가 아니잖아."

"그래도 예선 기록을 보세요. 0초 23밖에 차이가 안 났잖

아요. 그렇다면 마지막엔 팔 길이로 결정날지도 모른다고
요."

"하긴, 어깨가 정확히 일직선상에 있으면 그럴지도 모르
지……. 그렇지만 그렇게 될 수 있을까?"

"그렇게 약한 소리 하면 어떡해요!"

"넷! 알겠습니다. 열심히 하겠습니다!"

"좋았어!"

100미터 자유형 결승이 시작됐다. 출발대에 섰을 때, 마
음을 가라앉히기 위해 관중석을 건너다보았다. 맨 뒷자리
에 하얀 양산을 쓴 어머니의 모습이 보인다. 그 옆에 팔짱을
낀 아버지의 모습이 있다. 이 대회가 끝나면 어머니는 아마
병원에 입원하게 될 거다. 그리고 아버지는 나와 둘이서 술
가게를 하게 될 거다. 후지모리가 응원석까지 내려와 교코
와 무슨 이야기를 하고 있다. 사실, 그날 이후 나는 매일 후
지모리를 데려다주고 있다. 버스 안에서 손을 잡는 것도 이
젠 익숙해졌고, 지금은 그 이상으로도 약간 손을 뻗어보기
도 한다. 대회 전날, 꽤나 마음에 걸렸는지 후지모리가 하루

미다이 버스 정류장에서 내 손톱을 잘라주었다. 이 손톱이 자랄 때쯤, 나는 분명, 동정을 잃게 되겠지.

"제자리로! 준비! 출발!"

결과를 미리 밝히자면, 개인종목 100미터 자유형에서 나는 결국 성 마리안느의 다시마에게 져서 2위에 머물렀다. 골 직전 옆에서 수영하던 다시마의 옆구리가 보인 순간 승부가 결정났지만, 둘 다 56초 전반의 기록을 낸 두 사람 모두 대회 기록을 갱신하는 멋진 레이스를 펼쳤다. 앞으로 두 번 다시 다시마를 상대로 개인전에서 맞붙을 일은 없다. 레이스가 끝나고 수영장을 나왔을 때 다시마가 귀에 들어간 물을 털어내면서 "어때? 마지막 순간에 진 소감이?" 하고 내뱉었다. 뭔가 재치 있는 말로 응수를 해주고 싶었지만, 웬일인지, 말 대신 눈물이 울컥 솟구쳤다. 다행히, 이미 젖어 있는 얼굴 위로 흘러 눈에 띄지는 않았겠지만.

오후 3시에 드디어 마지막 경기, 릴레이 순서가 됐다. 우리 네 명, 고스케, 게이치로와 다쿠지는 서로 아무 말 없이 텐트 안에 모여 있었다. 텐트 안 의자에 나란히 앉았을 때에도 누구 하나 입을 떼는 사람은 없었다. 긴장은 절정에 달해 있다. 몸 전체가 공기에만 닿아도 찌릿찌릿 통증을 느끼는 상처 같았다. 그때 갑자기 고개를 숙이고 있던 게이치로가 소리쳤다.

"료운! 며칠 전에 후지모리가 헤어지자고 하더라. 네가 좋아졌다면서. 나한테 말도 없이 남의 여자한테 손을 대!"

순간, 후지모리가 아니라 싸구려 호텔에 몸을 누인 아주머니의 얼굴이 떠올랐다.

"남의 여자한테 손을 대다니! 차인 너한테도 책임이 있어!"

"그, 그만 해! 지금 이 상황에서 뭣들 하는 거야, 갑자기!"

황급히 끼어든 다쿠지한테도 나는 한 방 날렸다.

"게이치로가 난데없이 말을 꺼낸 게 잘못이지! 왜 내가 너한테 그런 소릴 들어야 돼? 항상 남의 눈치나 살피고, 대학에 못 가는 게 그렇게도 속상하냐?"

"뭐, 뭐야, 갑자기 그 얘긴 왜 꺼내? 너 이 자식 죽었어!"

그러면서 내게 달려드는 다쿠지를 고스케가 뜯어말렸다.

"고스케! 그 더러운 손 저리 치워! 너처럼 여자나 찝쩍거리는 자식 손엔 닿고 싶지도 않아!"

"누, 누가 뭘 찝쩍대?"

이번엔 다쿠지와 고스케가 서로 들러붙어, 그 사이로 게이치로가 끼어들었다.

"호모는 저리 꺼져!"

고스케의 그 한 마디에 다쿠지의 분노가 순간 사그라지고, 그와 반대로 게이치로와 고스케가 서로 노려보는 상황이 됐다. 진행요원이 북적거리는 소리를 듣고 달려왔다. 주변에 앉아 있던 성 마리안느의 다시마를 포함한 다른 선수들이 킥킥 소리를 죽여가며 웃고 있었다.

20

결국 분이 사그라지지도 않은 상태에서 선수 소개가 끝났다. 관중석의 응원소리든, 아나운서의 소리든, 죄다 우리의 신경을 자극했다.

첫 선수인 다쿠지가 수영장에 들어가 배영 출발 자세를 취했다. 심각한 얼굴로 팔을 풀면서 다쿠지가 외쳤다.

"아, 아무튼, 이것만 끝나면 너희들하고는 친구도 아니야! 제기랄, 너희들만 생각하면 열이 뻗치지만, 난 수영할 거다! 확실히 보여주겠어!"

다쿠지의 외침에 우리들은 한 방 맞은 기분이었다.

"제자리에! 준비! 출발!"

다쿠지가 수면으로 튀어올라 양손을 머리 위로 뻗으며 물속으로 들어갔다. 수영장 중앙에서 떠올랐을 때 다쿠지는 성 마리안느 선수와 나란히, 제일 앞으로 밀고 나갔다.

"우왓! 좋아! 달려라! 달려! 다쿠지!"

우리들은 목청껏 소리 질렀다. 모두의 함성이 고막을 터뜨릴 듯 가까이 들렸다. 두 번째 선수 게이치로가 트레이닝복을 벗고 출발대에 선다. 뒤돌아본 게이치로에게 나는 고개를 끄덕여 보였다. 50미터 턴을 돌아 성 마리안느 선수가 약간 다쿠지를 벗어난다. 3위였던 니시고등학교의 선수가 점점 다쿠지에게 따라붙는다.

"다쿠지!"

고스케의 소리가 4번 레인을 따라 다쿠지에게 뻗어갔다. 다쿠지는 머리 하나 차이로 니시고 선수를 따돌리고 두 번째로 게이치로가 뛰어들었다. 깊숙이 잠수해 들어간 게이치로가 수면으로 올라왔을 때 성 마리안느 선수는 사정권 내에 있는 것 같았다. 꽤 거리가 벌어져 있긴 하지만 어쩌면 따라잡을 수 있을지도 모른다.

물속에서 나와 숨을 헐떡이고 있는 다쿠지에게 나는 아무 말 없이 타월을 던져주었다.

점점 게이치로와 성 마리안느 선수의 차이가 좁혀진다. 물속으로 들어갔다가 수영장 저편에서 얼굴을 들었을 때는 마침내 성 마리안느 선수와 일직선이었다. 출발대에 서서 길게 심호흡을 하는 고스케의 등 너머로 게이치로가 성 마리안느 선수와 나란히 골을 향해 들어오는 게 보였다. 거의 동시에 고스케와 성 마리안느 선수가 입수를 했다. 3위 이하의 선수들과는 상당한 차이가 벌어졌다. 출발대에 섰을 때 옆에 선 다시마와 눈이 마주쳤다. 다시마는 핏발이 선 눈

윗터

으로 말없이 내 쪽을 노려보고 있었다.

"료운!"

관중석에서 순간 교코의 목소리가 들렸다. 눈을 감고 두 차례 심호흡을 했다. 뒤에서는 게이치로와 다쿠지가 고스케의 분발에 응원을 보내고 있다.

목이 타고 입 속이 칼칼하다. 몇 번이고 침을 삼키면서 입술을 핥아본다.

격한 물보라를 일으키며 접영주자인 고스케가 들어오고 있다. 마지막까지 성 마리안느 선수와 차를 벌이지 않으려고 필사적으로 뛰어들고 있다. 나는 출발 자세를 잡았다. 그리고 매일 남아 연습한 대로, 골을 향해 들어오고 있는 고스케의 호흡에 내 호흡을 맞추었다.

'앞으로 세 번만 팔을 휘저으면……, 두 번……, 됐어!'

뛰어들었을 때 고글 안으로 물이 약간 들어갔다. 얼굴을 들 때마다 물이 눈에 스민다. 50미터 턴을 찍을 때까지 왼쪽으로 고개를 들어 숨을 쉬는 내게는 옆 레인에서 수영하는 다시마의 모습이 보이지 않는다.

50미터 턴을 했다. 물이 손에 잡힌다. 물을 차며 앞으로 나가고 있다. 내 몸은 물과 하나다.

턴을 하면서 튀어올랐을 때 바로 옆 다시마의 몸이 보였다. 간발의 차도 없이 우린 나란히 달리고 있는 것 같다. 팔과 다리 모두 똑같은 페이스로 움직이고 있다. 수영장의 중앙바닥에 빨간색 선이 나타났다. 앞으로 25미터.

고개를 젖히며 숨을 들이쉬었을 때 육각형 빛의 편린이 하늘에서 반짝이는 게 보였다. 빛 너머로 손을 흔들고 있는 교코와 아이들의 모습을 보았다. 다시마와는 아직 나란히 달리고 있다. 몸이 당장에라도 물 밖으로 튀어올라 창공에 떠오를 듯한 기분이다. 물이 들어간 귀로 사람들의 응원소리가 들린다. 교코의, 후지모리의, 아버지의, 어머니의, 그리고 형 유다이의······.

결승점에 터치한 순간, 분명 나와 다시마의 어깨는 선에 맞춘 것처럼 나란했다. 틀림없이, 1초의 차도 없이 우리들의 어깨는 똑같은 위치에 있었다.

물보라를 일으키며 얼굴을 들어올렸다. 산산이 부서지는

포말 너머로 출발대 옆에 앉은 다쿠지가 멍한 표정으로 전광판을 바라다보는 게 보였다. 그 뒤에서 고스케와 게이치로가 서로 끌어안고 있다. 물이 들어간 귀에 축축한 함성이 들린다.

지금 이 순간이 내 인생 최고의 순간이 될지도 모른다. 그리고 난 다시 최고기록을 깨기 위해, 앞으로도 살아나갈 것이다.

……나는 뒤를 돌았다. 그리고 전광판을 보았다.

역자 후기

『파크 라이프』로 제 127회 아쿠타가와상을, 『퍼레이드』로
야마모토 슈고로상을 수상한 신예작가 요시다 슈이치. 그는
일본 유수의 문예지 『문학계』의 신인상 심사위원 아사다 아
키라와 야마다 에이미의 격찬을 받은 『최후의 아들』로, 제
84회 신인상을 수상하며 데뷔했다.

　『워터』는 요시다 슈이치가 『최후의 아들』과 같은 시기에
쓴 단편이다. 『워터』는 그야말로 펄떡이는 물고기를 연상케
하는 상쾌하고 신선한 작품으로, 우리가 되돌아가고 싶어하
는 자리에 있는 10대들의 열정과 힘을 보여주는 시원한 작
품이다.

　『워터』는 독자들로 하여금 우리가 지나온 그 길, 우리가
돌아가고픈 그곳, '학창 시절' 속으로 푹 빠져들게 하는 소

설이다. 펄펄 뛰는 10대의 열정과 우정, 자기 안의 싸움, 사춘기의 고민을 담은 『워터』는 등장인물의 심리묘사, 쏟아지는 햇빛과 머릿속에 늘 떠 있는 수영장의 묘사가 뛰어나다.

운동을 마치고 친구들과 한바탕 게임을 즐긴 주인공 료운은 문득 생각한다.

'어쩌면 지금 우리들은, 절경 속을 지나는 것도 모르고 같이 걷는 동료들과의 대화에 정신이 팔려 있는 여행자들로, 우리가 지금 얼마나 아름다운 경치 속에 둘러싸여 있는지 깨닫지 못하는 건지도 모른다.'

아마도 10대를 지나온 우리 역시 마찬가지가 아닐까?

『워터』는 읽는 것만으로도 가슴이 후련해지는 카타르시

스를 느끼게 해주는 작품으로 일본에서는 『워터』를 좋아하는 독자들이 특히 많은 것 같다.

　지금도 두터운 마니아층을 확보하고 있는 요시다 슈이치의 작품이 국내에서도 많은 젊은이들에게 어필하길 바라며, 우리말로 옮기면서 행복한 시간을 경험하게 해주신 북스토리 여러분들께 진심으로 감사드린다.

오　유　리

옮긴이 **오유리**

1969년 서울에서 태어나 성신여대 일문과를 졸업했다. 롯데 캐논과 삼성
경제연구소에서 번역 업무를 맡았으며, 현재 전문 번역가로 활동하고 있
다. 옮긴 책으로는 『일요일들』『파크 라이프』『안녕, 기요시코』『어디 가
니? 블래키』『긍정적으로 사는 즐거움』『오듀본의 기도』『빠지다』『사막』
『빅 머니』등이 있다.

워터 (원제 : Water)

1판 1쇄 2007년 7월 30일
　　3쇄 2012년 6월 15일

지 은 이　요시다 슈이치
옮 긴 이　오유리

발 행 인　주정관
발 행 처　북스토리
주　　　소　경기도 부천시 원미구 상3동 529-2 한국만화영상진흥원 311호
대표전화　032-325-5281
팩시밀리　032-323-5283
출판등록　1999년 8월 18일 (제22-1610호)

홈페이지　www.ebookstory.co.kr
이 메 일　bookstory@naver.com

ISBN　978-89-89675-79-2　03830